101
सार्थक वादे

AF644280

101 सार्थक वादे

स्वयं से ये वादे निभाएँ, नया व्यक्तित्व और नया जीवन पाएँ

नील एस्केलिन

अनुवाद : डॉ. सुधीर दीक्षित

MANJUL

मंजुल पब्लिशिंग हाउस

First published in India by

MANJUL

Manjul Publishing House Pvt. Ltd.

Corporate Office:

2nd Floor, Usha Preet Complex,
42 Malviya Nagar, Bhopal 462 003 - India
Email: manjul@manjulindia.com Website: www.manjulindia.com

Sales & Marketing Office:

7/32, Ground Floor, Ansari Road, Daryaganj,
New Delhi 110 002 - India
Email: sales@manjulindia.com

Original English edition published in the United States titles
101 PROMISES WORTH KEEPING by NEIL ESKELIN

Hindi translation of
101 Promises worth keeping by *Neil Eskelin*

Copyright © 2011 by Neil Eskelin

This edition first published in 2014

ISBN 978-81-8322-393-5

Translation by Dr. Sudhir Dixit

Printed & bound in India by Thomson Press (India) Ltd.

All rights reserved. No part of this publication may be reproduced, stored in or introduced into a retrieval system, or transmitted, in any form, or by any means (electronic, mechanical, photocopying, recording or otherwise) without the prior written permission of the publisher. Any person who does any unauthorized act in relation to this publication may be liable to criminal prosecution and civil claims for damages.

प्रस्तावना

एक छोटे बच्चे ने अपने पिता से आग्रह किया कि शाम को डिनर के बाद वे उसे आइस क्रीम खिलाने बैस्किन रॉबिन्स ले जाएँ। पिता ने बेटे से इसका वादा कर लिया।

बेटे ने सुनिश्चित करने की इच्छा से पूछा, "वादा?" पिता ने जवाब दिया, "हाँ, वादा।" सोमवार रात के फ़ुटबॉल मैच के कारण पिता ने अपना वादा पूरा नहीं किया। बेटे को गहरी निराशा हुई। उसके मन में पिता की छवि धूमिल हो गई।

चाहे घर हो या कारोबार या समुदाय – जीवन के हर क्षेत्र में हमारा आकलन हमारे वादों से नहीं होता; बल्कि इस बात से होता है कि हम कितने वादे पूरे करते हैं। दरअसल, लोग जानना चाहते हैं : क्या यह इंसान ईमानदार है? क्या इस पर भरोसा किया जा सकता है? क्या यह अपना वादा निभाएगा?

एक एक ईंट

काश मैं आपको बता सकता कि एक बहुत सरल वादा है, जिससे कायाकल्प हो जाएगा और उसके बाद किसी दूसरे वादे की ज़रूरत ही नहीं रह जाएगी। अफ़सोस, कि यह संभव नहीं है। एक धीमी लेकिन निश्चित प्रक्रिया से ही हमारा जीवन गुणवत्तापूर्ण बनता है।

कोई वादा निभाना अपने जीवन की नींव में एक ईंट रखने जैसा होता है। जब पर्याप्त ईंटें रख दी जाती हैं, तो आप एक ठोस, विश्वसनीय इमारत खड़ी कर सकते हैं।

हमारा चरित्र कैसे बनता है? इसाया के शब्दों में, "नीतिवचन के ऊपर नीतिवचन, नीतिवचन के ऊपर नीतिवचन, संकल्प के ऊपर

संकल्प, संकल्प के ऊपर संकल्प, थोड़ा यहाँ, थोड़ा वहाँ।"

हम सिर्फ़ ख़ुद से और अपने रचयिता ईश्वर से ही वादे नहीं करते हैं; हम तो उन लोगों से भी वादे करते हैं, जिनसे हमारा हर दिन संपर्क होता है।

चुनौती

इस पुस्तक में आपसे जीवन के पाँच अत्यावश्यक क्षेत्रों में वादे करने या संकल्प लेने को कहा जाएगा।

1. *परिवार वालों और मित्रों से वादे*

आप अपने वैवाहिक जीवन को सशक्त बनाने और परिजनों के साथ संबन्धों को ठोस बनाने के लिए कौन से निर्णय ले सकते हैं?

2. *सहयोगियों से वादे*

वे कौन से संकल्प हैं, जिनसे जवाबदेही, सहयोग, ईमानदारी, उत्कृष्टता, नेतृत्व क्षमता और आपसी विश्वास उत्पन्न होता है व बढ़ता है?

3. *स्वयं से वादे*

आप कैसे अपनी भावनाओं पर क़ाबू कर सकते हैं, नकारात्मक आदतों को छोड़ सकते हैं और अस्वस्थ भय को ख़त्म कर सकते हैं? कौन से वादे आपके गुणों को बढ़ाएँगे और व्यक्तिगत विकास में योगदान देंगे?

4. *संसार से वादे*

आप कौन से व्यक्तिगत संकल्प ले सकते हैं, जिनसे आपका समुदाय सशक्त बने और आहत लोगों को सहायता व आशा मिले?

5. *ईश्वर से वादे*

ईश्वर ने आपसे वादा किया था। अब आपकी बारी है। आपसे

आपकी आस्था, धन और भविष्य संबन्धी वादे करने को कहा जाएगा।

इस पुस्तक को एक घंटे में ही पचाने की कोशिश न करें। ध्यान रखें, यह किसी रेस्तराँ का फ़ास्ट फ़ूड नहीं, बल्कि 101 व्यंजनों वाला भोजन है। पुस्तक में कुछ पृष्ठ ऐसे होंगे, जिन पर निगाह डालकर आप तेज़ी से आगे बढ़ सकते हैं। यदि आपने पहले ही कुछ संकल्प ले रखे हैं और उन्हें निभा भी रहे हैं, तो उनसे संबंधित अध्याय आपको बधाई जैसे लगेंगे।

बहरहाल, कुछ वादे आपको कसमसाने पर मजबूर कर सकते हैं। उस मुद्दे पर काम करने और जीवन के उस क्षेत्र को बदलने के लिए गहरे संकल्प लेने में जितने भी समय की ज़रूरत हो, लगाएँ।

सिर्फ़ एक बार वादे करना ही काफ़ी नहीं है; उनका तो हर दिन नवीनीकरण करना पड़ता है - और यह प्रक्रिया इतनी महत्वपूर्ण है कि जीवन भर चलनी चाहिए।

आइए शुरू करते हैं।

खंड–I

परिवार वालों और मित्रों से वादे

1

मैं अपनी वैवाहिक क़समें निभाने का वादा करता हूँ

हैनरी फ़ोर्ड की शादी की पचासवीं सालगिरह मनाई जा रही थी। इस मौक़े पर एक रिपोर्टर ने उनसे पूछा, "आपके सुखद वैवाहिक जीवन का राज़ क्या है?" बिना किसी हिचक के फ़ोर्ड ने तुरंत जवाब दिया कि यह वही फ़ॉर्मूला है, जिसकी बदौलत उनकी कार कंपनी सफल हुई है – "एक ही मॉडल रखो।"

आजकल तलाक़ के आँकड़े भयावह हो चुके हैं, लेकिन ऐसी बात नहीं है कि इन दिनों पति-पत्नी के सामने कोई नए संकट आ खड़े हुए हों। दरअसल, जब से शैतान ने सर्प बनकर आदम और हव्वा को ललचाया था, तभी से दांपत्य संबन्धों में दबाव और विवाद लगातार चलते रहे हैं।

असल समस्या है संकल्प का संकट; लोग जो कहते हैं, वह करते नहीं हैं।

कभी जुदा न होंगे हम

हर वर्ष लाखों दंपति विवाह की वेदी पर दोहराते हैं, "बेहतर हो या बदतर, अमीरी हो या ग़रीबी, बीमारी हो या स्वास्थ्य, हम एक-दूसरे से प्रेम और परवाह करने का वादा करते हैं, जब तक कि मृत्यु हमें जुदा न कर दे।" वे अपना हाथ बाइबल पर रखते हैं, एक-दूसरे को वफ़ादारी की अँगूठियाँ पहनाते हैं और कुछ मामलों में इस वादे पर धार्मिक संप्रदाय से मुहर लगवाते हैं।

तो फिर गड़बड़ कहाँ होती है? इतनी पवित्र क़सम किसी नाज़ुक लकड़ी की तरह आसानी से कैसे टूट जाती है?

वादे करते समय यह शंका नहीं रहनी चाहिए कि वे पूरे होंगे या नहीं, या यह भी कि वे कैसे पूरे होंगे।

हम कोई वादा क्यों निभाते हैं? इसलिए क्योंकि वह वादा हमने किया था। यह ख़ास जटिल मामला नहीं है।

आपने अपने जीवनसाथी के साथ जो क़समें खाई थीं, वे ऐसे सामान्य अनुबंध नहीं हैं, जिनमें पीछे हटने या अलग होने की गुंजाइश हो। यह तो जन्म-जन्मांतर का वादा है।

2

मैं अपने बच्चों का रोल मॉडल बनूँगा

माता-पिता को कभी न कभी यह आश्चर्यजनक सच्चाई पता चल जाती है कि बच्चे नक़ल करने में माहिर होते हैं। हम उन्हें अलग तरह से काम करने की कितनी ही हिदायत दें, लेकिन वे बिलकुल हमारी तरह ही काम करेंगे।

अँग्रेज़ कवि जॉन विल्मट ने स्वीकार किया था, “शादी करने से पहले बच्चों की परवरिश को लेकर मेरे छह सिद्धांत थे; अब मेरे छह बच्चे हैं, लेकिन सिद्धांत एक भी नहीं है।”

बच्चों को बेहतरीन कैसे बनाया जाए, इस विषय पर कोई क्रैश कोर्स करने की ज़रूरत नहीं है। इसके बजाय आपको तो “बेहतरीन मिसाल कैसे बना जाए” विषय पर क्रैश कोर्स करने की ज़रूरत है।

हर माता-पिता को यह मान लेना चाहिए कि वह स्वयं एक ऐसी मिसाल है, जिसका जल्द ही अनुकरण होगा। चाहे वे अच्छे हों या बुरे, ईमानदारी भरे हों या धोखेबाज़ी भरे, नैतिक हों या अनैतिक - पैमाने हम ख़ुद तय करते हैं।

मुझे जॉश बिलिंग्स की कही बात पसंद है : "बच्चे को उस दिशा में जाने का प्रशिक्षण दें, जिधर उसे जाना चाहिए - और कभी-कभार वहाँ ख़ुद भी जाएँ।"

पोशाक बुनना

पारिवारिक जीवन-मूल्यों के बारे में विवाद की गुंजाइश ही नहीं होनी चाहिए। इस मामले में कोई विकल्प नहीं होता। या तो हम बच्चों को दृढ़ नैतिक सिद्धांतों वाले घर में पालते हैं, अथवा अव्यवस्था के माहौल में।

नेशनल सेंटर फ़ॉर फ़ादरिंग के प्रेसिडेंट केन कैनफ़ील्ड का मानना है कि पिता बनने से पहले विवाह करना इस पीढ़ी के लिए एक बहुत बड़ी चुनौती है।

कैनफ़ील्ड कहते हैं, "हर दिन सैकड़ों ऐसे बच्चे जन्म लेते हैं, जिनके अभिभावक शादी-शुदा नहीं होते। वे ठोस परिवार बनाने के प्रति समर्पित नहीं होते। शोध से इस बात की पुष्टि होती है कि बड़े होकर इन बच्चों के विध्वंसक कार्य करने, पढ़ाई अधूरी छोड़ने, शादी के बिना बच्चे पैदा करने, ग़रीब रहने, सरकारी सहायता पर गुज़ारा करने और नशा करने की अधिक आशंका होती है।"

हो सकता है कि हममें संसार बदलने की सामर्थ्य न हो, लेकिन एक बात तय है - हम अपने बेटे-बेटियों पर स्थायी छाप छोड़ेंगे। जैसा टीन चैलेंज के संस्थापक डेविड विल्करसन कहते हैं, "अभिभावक का हर शब्द और कार्य बच्चे के चरित्र में बुने गए धागे जैसा होता है, जिससे अंततः यह तय होगा कि वह बच्चा सामाजिक संरचना में कैसे सामंजस्य बैठाता है।"

क्या आप सही मिसाल पेश कर रहे हैं?

3

मैं अपने परिवार के साथ जो समय बिताता हूँ, उसे महत्व दूँगा

माता-पिता दोनों ही नौकरी व ओवरटाइम कर रहे हैं। इस वजह से बच्चे स्कूलों और बेबीसिटर के भरोसे पल रहे हैं। ऐसे में अभिभावक आम तौर पर यह शिकायत करते हैं, "काश! मैं अपने परिवार के साथ अधिक समय बिता पाता।"

देखिए, सवाल यह नहीं है कि आपके पास अधिक समय होता, तो आप क्या करते? सवाल तो यह है, "आपके पास जितना समय है, उसमें आप क्या कर रहे हैं?

पेशेवर गोल्फ़ खिलाड़ी पॉल एज़िंगर पीजीए सर्किट पर बहुत व्यस्त रहते हैं, लेकिन वे अपने परिवार के लिए समय निकालने के बारे में बहुत सावधान रहते हैं।

पॉल कहते हैं, "आपके बच्चे एक बार ही बचपन से गुज़रते हैं और अगर इसमें आप पहली बार चूक जाते हैं, तो दूसरा मौक़ा नहीं मिलता।"

वे यह भी कहते हैं, "जब मैं घर पर होता हूँ, तो पूरी तरह घर पर होता हूँ और बच्चों के साथ कुछ ऐसा करने की कोशिश करता हूँ, जो उन्हें हमेशा याद रहे।"

एक बेहतर तरीक़ा

माता-पिता अपने बच्चों के साथ जो समय बिताते हैं, वह अधिकतर घरों में तीन श्रेणियों में से किसी एक में आता है - आलोचना करना, सुधार करना और नियंत्रित करना।

इससे बेहतर तरीक़ा मौजूद है। अपने परिवार के हर सदस्य के साथ समर्थन के मज़बूत सेतु बनाएँ। लेखक और वक्ता जॉश मैक्डावल के शब्दों में, "अगर हम बच्चों को कुछ सिखाते हैं, लेकिन हमारे बीच संबन्ध की बुनियाद नहीं होती, तो बच्चे विद्रोह कर देंगे। दूसरी ओर, अगर हम संबन्धों की बुनियाद मज़बूत बना लेते हैं, तो वही बच्चे हमारी ख़ातिर जान देने को तैयार होंगे; हमारी ख़ातिर वे आख़िरी सिरे तक जाएँगे।"

आप जिनसे प्यार करते हैं, उनके साथ समय बिताने को महत्व दें- सुनने में समय लगाएँ, समझने में समय दें, खेलने का समय निकालें और प्रार्थना करने के लिए समय दें। ये आपके जीवन की सबसे अच्छी यादें होंगी।

4

मैं घर में सकारात्मक माहौल बनाए रखने का वादा करता हूँ

हर घर का एक अनूठा व्यक्तित्व होता है। जैसे ही आप मुख्य द्वार से दाख़िल होते हैं, आप उस अनूठे माहौल को महसूस कर सकते हैं। मैं कई ऐसे घरों में गया हूँ, जहाँ का माहौल भावहीन और बेगाना था। दूसरी ओर, मैं ऐसे भी घरों में गया हूँ, जहाँ गर्मजोशी और प्रेम इतना भरपूर था कि वहाँ से लौटने का दिल नहीं हो रहा था।

तो आख़िर फ़र्क़ किस बात से पड़ता है? फ़र्क़ दीवार पर लटकी तस्वीरों या रंग-बिरंगे गलीचों से नहीं पड़ता है। फ़र्क़ तो उन लोगों से पड़ता है, जो उस घर में रहते हैं।

संयुक्त मोर्चा

"जो घर अपने ही ख़िलाफ़ विभाजित हो, वह खड़ा नहीं रह सकता," यह चेतावनी देते वक़्त अब्राहम लिंकन केवल विभाजित राष्ट्र के बारे में ही नहीं बोल रहे थे।

जब घर में संघर्ष, वाद-विवाद और फूट का बोलबाला हो, तो परिवार का हर सदस्य कष्ट उठाता है - ख़ास तौर पर मासूम बच्चे।

दर्जनों संघर्षशील परिवारों को परामर्श देने वाले एक परामर्शदाता ने मुझे बताया था, "मैंने विपरीत स्वभाव वाले माता-पिता की परवरिश के विनाशकारी परिणाम देखे हैं, जिनमें से एक बहुत लाड़ करता है और दूसरा अत्याचार करता है।"

चाहे वह लड़का हो या लड़की, बच्चे से संबंधित मामलों में यह अनिवार्य है कि माता-पिता दोनों ही अविभाजित, ठोस और संयुक्त दिखें।

मुकुट

लेखक हैनरी वैन डाइक ने लिखा था, "धार्मिकता घर का मुकुट है; सुव्यवस्था घर का सौंदर्य है; आतिथ्य घर का गौरव है; संतुष्टि घर का वरदान है।"

सुनिश्चित करें कि आपके घर की बुनियाद ठोस हो। सुनिश्चित करें कि इसमें सच्चा, बिना शर्त का प्रेम कूट-कूट कर भरा हो। सुनिश्चित करें कि परिवार के सभी सदस्यों के बीच खुला, सच्चा संवाद हो। और इस सबके साथ दृढ़, परवाह भरा अनुशासन भी हो।

अभिभावक के नाते यह सब आप पर निर्भर करता है।

5

मैं अपने परिवार की आर्थिक सुरक्षा की ज़िम्मेदारी लेता हूँ

एक दिन मैं टी.वी. के रिमोट कंट्रोल से चैनल बदल रहा था। तभी मैं एक फ़ोटो देखकर रुक गया, जिसके नीचे लिखा था, "क्या आपने इस आदमी को देखा है?"

स्क्रीन के निचले हिस्से पर ये शब्द लिखे थे : "अपने बच्चों को 57,400 डॉलर का गुज़ारा भत्ता रोकने के लिए इसकी तलाश है।" कुछ सेकेंड बाद एक और चेहरा नज़र आया। इस आदमी ने 17,000 डॉलर का गुज़ारा भत्ता नहीं दिया था। अगले भगोड़े पिता को 23,500 डॉलर चुकाने थे।

इस बारे में सोचें। ये पिता न सिर्फ़ अपने परिवार को छोड़कर चले गए, बल्कि उन्होंने उन बच्चों को गुज़ारा भत्ता देने से भी इंकार कर दिया, जिन्हें वे ख़ुद इस संसार में लाए थे।

अभिभावकों से अपेक्षाएँ

अभिभावकों से क्या अपेक्षाएँ रहती हैं? उनसे कम से कम तीन बुनियादी आवश्यकताएँ पूरी करने की उम्मीद की जाती है : भोजन, आवास और वस्त्र। इसका यह अर्थ भी नहीं है कि हमारे पास एक महल होना चाहिए, फ़ाइव स्टार होटल जैसा खाना मिलना चाहिए और हमारी अलमारियों में डिज़ाइनर पोशाकें रहनी चाहिए।

हम उस शराबी को कोसते हैं, जो अपने साप्ताहिक वेतन को पीकर उड़ा देता है। लेकिन हम यह नहीं देख पाते हैं कि करोड़ों परिवार उस पिता की वजह से आर्थिक संकट में फँस जाते हैं, जो अपने परिवार

का ख़र्च न उठा पाने के बावजूद लक्ज़री कार ख़रीद लेता है या उस माता के कारण, जो क्रेडिट कार्ड्स के इस्तेमाल में अनुशासित नहीं रहती है।

आप आवश्यकताओं और इच्छाओं, ज़रूरतों और आकांक्षाओं के बीच के फ़र्क़ को समझकर आर्थिक ग़ुलामी से बच सकते हैं।

आपकी ज़िम्मेदारी केवल परिवार के गुज़ारे लायक़ पैसे कमाना ही नहीं है। उन पैसों का समझदारी से प्रबंधन करना भी आप ही की ज़िम्मेदारी है। इसमें आज के ख़र्च निकालना और भविष्य की ख़ातिर निवेश करना दोनों शामिल हैं।

अपने परिवार को - भावनात्मक, शारीरिक और आर्थिक - सुरक्षा दें, जो उसका अधिकार है और जिसकी उसे ज़रूरत भ्री है। यह सिर्फ़ आपका कर्तव्य ही नहीं है; यह तो ख़ुशी भरा काम भी है।

6

हमारा घर हँसी-ख़ुशी से भरा रहेगा

"चिंता न करें" टीचर ने एक परेशानहाल माता-पिता से कहा, जो इस बात से बहुत विचलित थे कि सेकेंड ग्रेड में पढ़ने वाले उनके बेटे को ए के बजाय बी ग्रेड मिल रहे थे। टीचर ने उन्हें समझाते हुए कहा, "देखिए, उसे सी ग्रेड भी तो मिल सकता था।"

कई बच्चे अपने बचपन से सिर्फ़ इसलिए महरूम रह जाते हैं, क्योंकि उनके माता-पिता जीवन को कुछ ज्यादा ही गंभीरता से लेते हैं। लेखक ग्लेन वैन एकेरेन ने शोध अध्ययनों का उल्लेख करते हुए बताया है कि स्कूल जाना शुरू करने से पहले बच्चे दिन भर में 450 बार हँसते हैं। और वयस्क ? उम्र बढ़ने के साथ यह संख्या बहुत आश्चर्यजनक ढंग

से घट जाती है और दिन भर में औसतन 15 ही रह जाती है - और कुछ तो मुस्कुराते भी मुश्किल से हैं।

हम अपने आनंद को दोबारा कैसे पा सकते हैं? जवाब स्पष्ट है। दोबारा बच्चे बन जाएँ। जब आपके बच्चे हँसें, तो दर्शकदीर्घा में बैठकर उनके आनंद को देखते न रहें। उनकी टोली में आप भी शामिल हो जाएँ।

बेहतर नुस्ख़ा

कहा गया है कि हँसी किसी बच्चे का डायपर बदलने जैसी होती है - इससे स्थायी तौर पर कोई समस्या नहीं सुलझती, लेकिन निश्चित रूप से कुछ समय के लिए स्थिति अधिक आरामदेह हो जाती है। हँसी सबसे सस्ती दवा है।

पीनट्स के रचयिता चार्ल्स शुल्ट्ज़ ने कहा था, "अगर मुझे अगली पीढ़ी को सिर्फ़ एक ही तोहफ़ा देने का अवसर मिलता, तो मैं हर इंसान को ख़ुद पर हँसना सिखाता।"

आगे बढ़ें - ख़ुद को ढीला छोड़ दें और हँसें। अपने घर में आत्मा का संगीत भर दें।

7

मैं अपने माता-पिता का सम्मान करूँगा

"सरप्राइज़!" अपने माता-पिता के ह्यूस्टन के एक रेस्तराँ के निजी डाइनिंग रूम में दाख़िल होते ही मार्क और ब्रेंडा जोन्स चिल्लाए।

कमरा रिश्तेदारों, मित्रों और परिचितों से खचाखच भरा हुआ था - जिनमें से कुछ को तो उन्होंने दशकों से नहीं देखा था।

मार्क ने कहा, "जब मुझे पता चला कि पिताजी को लाइलाज कैंसर हो गया है, तो मैंने कुछ अलग करने की सोची। मैं नहीं चाहता था कि नाते-रिश्तेदार पिताजी की अंत्येष्टि पर ही बताएँ कि उन्हें उनसे कितना प्रेम था।"

यह समारोह किसी पारिवारिक पुनर्मिलन, किसी विशेष सालगिरह और *दिस इज़ योर लाइफ़* के किसी एपिसोड का मिला-जुला संस्करण था। बुज़ुर्ग दंपति की आँखों से आँसू छलक पड़े और उन्होंने कहा, "यह हमारी ज़िंदगी की सबसे यादगार रात थी।"

गारंटी

एक महान दैवी निर्देश है, "अपने माता-पिता का सम्मान करो, ताकि धरती पर तुम्हारे दिन लंबे हो सकें।" यह सिर्फ़ दैवी निर्देश ही नहीं है; यह तो इससे भी बढ़कर है। इसमें दीर्घायु होने का वादा भी छुपा है। जैसा मैंने किसी को कहते हुए सुना था, "यदि हम परिपक्व उम्र में पहुँच चुके लोगों का सम्मान करते हैं, तो किसी दिन हम भी परिपक्व उम्र तक *पहुँचेंगे*।"

जब आज्ञाकारिता के साथ सम्मान जुड़ जाता है, तो इससे एक मूल्यवान पुरस्कार मिलता है।

हमारे माता-पिता हमारे सर्वोच्च सम्मान के हक़दार क्यों हैं? क्योंकि उन्होंने जीवन भर हमसे प्रेम किया है, हमारे हितों की रक्षा की है और हमारे चरित्र को आकार देने वाले छोटे-छोटे हज़ारों काम किए हैं, जिनका जितना भी धन्यवाद दिया जाए कम है।

इस सवाल का जवाब देने से पहले एक पल विचार करें : अगर मेरे बच्चे मेरा उतना ही सम्मान करें, जितना कि मैं अपने माता-पिता का करता हूँ, तो क्या मैं ख़ुश होऊँगा?

आशा है, आपका जवाब हाँ होगा।

8

मैं प्यार के इज़हार का वादा करता हूँ

एक युवा पत्नी ने अपने परामर्शदाता से कहा, "अगर मेरे पति मेरे साथ वैसा ही व्यवहार करें, जैसा वे हमारे कुत्ते स्किपर के साथ करते हैं, तो मैं ख़ुश हो जाऊँगी।"

परामर्शदाता ने आश्चर्य से पूछा, "यह आप क्या कह रही हैं? आपका क्या मतलब है?"

उसने राज़ खोला, "देखिए, हर शाम जब मेरे पति ऑफ़िस से घर आते हैं, तो हमारा कुत्ता उनके पास दौड़कर जाता है और तीन चीज़ों के होने का इंतज़ार करता है : सबसे पहले तो उसे एक दयालु निगाह मिलती है; फिर एक दोस्ताना शब्द सुनने को मिलता है; और अंततः स्किपर को प्रेमपूर्ण स्पर्श मिलता है।"

उसने आगे कहा, "मैं नहीं सोचती कि अपने पति से इन चीज़ों की इच्छा करना कोई बड़ी भारी माँग है : एक निगाह, एक शब्द, एक स्पर्श।"

सशक्त और संवेदनशील

संसार के लगभग हर देश में पुरुष यह मानते आए हैं कि सम्मान पाने के लिए उन्हें अपनी मर्दाना छवि की रक्षा करनी चाहिए। इसी वजह से कई लोग कठोर, रूखे और फ़ौलादी होने का दिखावा करते हैं। कुछ पुरुष तो इस बात पर भी गर्व करते हैं कि उन्होंने जीवन में कभी एक भी आँसू नहीं बहाया। वे मानते हैं कि प्रेम तथा परवाह का इज़हार करना औरतों का काम है और यह उन्हें ही शोभा देता है।

दरअसल, भावनाओं के इज़हार का मतलब यह नहीं होता कि आप नरम हैं। गर्मजोश और उत्साही होने का यह मतलब नहीं है कि आप कमज़ोर हैं।

शब्द, जिन्हें दोबारा खोजा जाना है

मैं एक पिता की बात कभी नहीं भूल पाऊँगा, "ओह, मेरे बच्चे जानते हैं कि मैं उनसे प्यार करता हूँ। मुझे बार-बार यह कहने की ज़रूरत नहीं है।" बहुत ही ग़लत बात! मैं तुमसे प्यार करता हूँ, शब्द अगर आपकी शब्दावली में नहीं हैं, तो इसी समय उन्हें शामिल कर लें।

आगे बढ़ें और अपने हृदय की सबसे गहरी भावनाओं का इज़हार कर दें।

9

मैं "आपको धन्यवाद" कहना कभी नहीं भूलूँगा

"मुझे इस पर यक़ीन ही नहीं हो रहा है," एक बुक स्टोर के मैनेजर ने मुझे बताया। "एक साल से ज़्यादा हो गया, जब मेरी पत्नी व मैंने एक युवा दंपति को शादी के तोहफ़े में एक बहुत सुंदर पंच बाउल दिया था और हमें आज तक धन्यवाद का एक शब्द भी सुनने को नहीं मिला।"

वे अकेले नहीं हैं। जैसी एक स्कूल टीचर ने एक बार शिकायत की थी, "दुर्भाग्य से, कृतज्ञता एक ऐसा विषय है, जिसे हमारे पाठ्यक्रम में नहीं पढ़ाया जाता है।"

महत्व बढ़ाना

जब भी आप *"धन्यवाद"* कहते हैं, तो समझ लीजिए कि आप किसी के महत्व को बढ़ा रहे हैं। "अप्रीशिऐट" शब्द का अर्थ यही है - महत्व या मूल्य में वृद्धि करना।

अपने धन्यवाद के प्रभाव को अधिकतम करने के लिए ये चार बातें याद रखें :

1. "आपको धन्यवाद" इसे सिर्फ़ बुदबुदाने से काम नहीं चलेगा। इसे सुनकर लगना चाहिए कि यह अभिव्यक्ति आपके दिल से निकल रही है और आपकी सच्ची भावनाओं को प्रकट कर रही है।
2. प्रशंसा के शब्द स्पष्ट और साफ़ होने चाहिए।
3. धन्यवाद देते वक़्त सामने वाले से नज़रें मिलाएँ और उसका नाम लें।
4. किसी ख़ास काम के लिए लोगों की प्रशंसा करें - सामान्य कामों के लिए आम प्रशंसा न करें।

इस संसार के सभी लोग प्रशंसा की भूख से व्याकुल हैं। ऐसे में ख़ुद से पूछें, "मैं किस बात के लिए किसी को "धन्यवाद" कह सकता हूँ?"

10

मैं विचारशील होने का वादा करता हूँ

1930 की महामंदी के दौरान फ़ियोरेलो ला गुआरडिया न्यू यॉर्क सिटी के मेयर थे। एक शाम वे शहर के एक बहुत ही ग़रीब इलाक़े की अदालत में गए और जज से बोले, "आज शाम आप जल्दी घर क्यों नहीं चले जाते? इंसाफ़ करने की ज़िम्मेदारी मैं सँभाल लूँगा!"

न्यायाधीश ख़ुशी-ख़ुशी तैयार हो गए।

उस रात ला गुआरडिया के सामने जो पहला मुकदमा आया, वह एक बुजुर्ग महिला का था, जिसे ब्रेड चुराने के आरोप में गिरफ़्तार किया गया था। मेयर ने पूछा, "तुम निर्दोष हो या गुनहगार?"

उस महिला ने धीरे से जवाब दिया, "दुहाई हो जज साहब, मुझे अपने पोतों को खिलाने के लिए ब्रेड की ज़रूरत थी।"

ला गुआरडिया ने कहा, "मेरे पास तुम्हें सज़ा देने के अलावा कोई चारा नहीं है। तुम्हारी सज़ा है दस डॉलर का जुर्माना या दस दिन की जेल।"

यह फ़ैसला सुनाते समय उन्होंने अपने हैट में दस डॉलर डाल दिए। फिर उन्होंने अदालत में बैठे हर व्यक्ति पर पचास सेंट का जुर्माना किया, क्योंकि वे सभी "ऐसे शहर में रह रहे थे, जहाँ एक दादी को अपने पोतों को खिलाने के लिए भोजन चुराना पड़ता है।"

सबके पचास सेंट के योगदान के बाद उस महिला ने ख़ुशी-ख़ुशी अपना जुर्माना अदा कर दिया और इसके बाद भी अदालत से लौटते वक़्त उसके पास 47.50 डॉलर बचे हुए थे। मेयर सुधार और करुणा के फ़र्क़ को समझते थे।

आप कितनी दूर तक जाएँगे

क्या आपके कार्यों में सच्ची दयालुता और परवाह झलकती है? जॉर्ज वॉशिंगटन कार्वर का मानना था, "आप जीवन में कितनी आगे तक जाते हैं, यह इस बात पर निर्भर करता है कि आप छोटों के प्रति कितने कोमल रहते हैं, बुज़ुर्गों के प्रति कितनी करुणा रखते हैं, संघर्षरत लोगों के प्रति कितनी सहानुभूति रखते हैं और कमज़ोर व शक्तिशाली के प्रति कितने सहिष्णु होते हैं। क्योंकि अपने जीवन में किसी न किसी दिन आप भी इन सभी अवस्थाओं में रहेंगे।"

अपने साथी इंसानों की इच्छाओं का सम्मान करने से उस द्वार का ताला खुल जाता है, जिससे स्वयं आपकी इच्छाएँ साकार होती हैं।

परवाह करने का संकल्प लें।

11

मैं दूसरों की राय का सम्मान करने का वादा करता हूँ

एक कारखाने का फ़ोरमैन अपनी डेस्क के ऊपरी ड्रॉअर में एक गोल्फ़ बॉल रखता था। जब दो कर्मचारी गंभीर मतभेद की मनोदशा में उसके पास आते थे, तो वह बॉल निकालता था और अपनी डेस्क के विपरीत छोरों पर बैठे उन दो लोगों के बीच रख देता था।

वह बाईं ओर बैठे व्यक्ति से पूछता था, "यह बॉल किस रंग की है?"

सामने वाला पूरे विश्वास से जवाब देता था, "सफ़ेद।"

यह सुनकर दाईं ओर बैठा व्यक्ति चकरा जाता था और कहता था,

"नहीं! यह बॉल तो काली है।"

वास्तविकता यह थी कि उस बॉल के एक ओर काला रंग था और दूसरी ओर सफ़ेद। फिर फ़ोरमैन विवाद कर रहे कर्मचारियों से कहता था, "जब तक तुम दोनों एक-दूसरे के दृष्टिकोण को न समझ लो, तब तक तुम बॉल के रंग तो क्या, किसी भी चीज़ पर सहमत नहीं हो सकते।"

इससे एक ऐसी प्रक्रिया शुरू होती थी, जिससे उनके मतभेद सुलझने लगते थे।

असल में, किसी दूसरे की राय को समझना और उसके प्रति सहिष्णु होना अनिवार्य है। सेंट टॉमस एक्वायनस के अनुसार, "जब आप किसी को अपने दृष्टिकोण से सहमत कराना चाहते हों, तो आप वहाँ तक जाते हैं, जहाँ वह खड़ा हुआ है, आप उसका हाथ थामते हैं और मार्गदर्शन करते हैं। आप कमरे के दूसरे छोर पर खड़े होकर उस पर चिल्लाते नहीं हैं। आप उसे मूर्ख नहीं कहते हैं। आप उसे वहाँ तक आने का आदेश नहीं देते हैं, जहाँ आप खड़े हैं। आप तो वहाँ से शुरू करते हैं, जहाँ वह है और आप उसी जगह से काम करते हैं। यही उसे हिलाने का एकमात्र तरीक़ा है।"

अपनी उपलब्धि की राह में सम्मान की ईंटें लगाएँ।

12

मैं सकारात्मक प्रभाव डालने की कोशिश करूँगा

एक मनोवैज्ञानिक ने दस लोगों को कुछ पहेलियाँ हल करने को दीं। इसके बाद आधे लोगों को बताया गया कि उनका प्रदर्शन अच्छा था,

जबकि बाक़ी को बताया गया कि उनका प्रदर्शन ख़राब था - और यह सब उनके वास्तविक परिणामों को देखे बग़ैर किया गया था।

मनोवैज्ञानिक ने कहा, "अब मैं चाहता हूँ कि आप कुछ और पहेलियाँ हल करने की कोशिश करें।" इस बार परिणाम भिन्न थे।

मनोवैज्ञानिक ने बताया, "उन्होंने उतना ही अच्छा या ख़राब प्रदर्शन किया, जितना कि उनके पहले इम्तहान के बारे में उन्हें बताया गया था।"

लोग आम तौर पर वही करते हैं, जिस तरह के काम की आप उनसे उम्मीद करते हैं। इसलिए चीज़ों को सकारात्मक दृष्टिकोण से देखें!

उनके मनोबल को बढ़ा दें

नकारात्मक रहने से अधिक नकारात्मक परिणाम मिलते हैं। मिसाल के तौर पर, न्यू यॉर्क के एक कार डीलर के सेल्स मैनेजर मार्क टिडवेल का मानना है, "अगर कारें नहीं बिक रही हैं, तो आप जो सबसे बड़ी ग़लती कर सकते हैं, वह है अपने स्टाफ़ पर आरोप लगाना कि यह उनकी ग़लती है।"

उन्होंने स्पष्ट किया, "मैं उन्हें बता सकता हूँ कि उन्हें अपने प्रॉडक्ट का ज्ञान नहीं है, वे संभावित ख़रीदारों से संपर्क नहीं करते हैं या उनकी किसी अन्य कमज़ोरी पर ज़ोर दे सकता हूँ। आप उनकी ग़लतियों की जितनी अधिक आलोचना करते हैं, उनमें उतना ही अधिक द्वेष उत्पन्न होगा। यह कारगर नहीं होगा!"

तो जवाब क्या है? मार्क कहते हैं, "आपको उनकी शक्तियों पर ध्यान केंद्रित करना होगा, उनके मनोबल को बढ़ाना होगा और उन्हें अगली बिक्री के लिए प्रेरित करना होगा।"

आप अपने आस-पास के लोगों में जैसे बीज (*चाहे वे मधुर हों या कटु*) बोते हैं, वैसे ही फल आपको मिलेंगे।

नकारात्मक बातें दूसरे लोगों के लिए छोड़ दें। आज ही इसका

संकल्प लें कि आप आगे से हर मिलने वाले के जीवन को रोशन कर देंगे।

13

मैं लोगों के सर्वश्रेष्ठ स्वरूप को उजागर करने का संकल्प लेता हूँ

एक अस्पताल के प्रशासक की सेक्रेटरी बेहद कार्यकुशल थीं। वे इस बात के लिए मशहूर भी थीं। एक बार कंपनी के न्यूज़लेटर के लिए उनका इंटरव्यू लिया जा रहा था। उनसे पूछा गया, "आप इतनी सक्षम हैं, इसका राज़ क्या है?"

उन्होंने एक पल सोचकर जवाब दिया, "जब भी मैं कोई काम करती हूँ, चाहे वह कितना ही महत्वहीन क्यों न हो, तो हर बार मेरे बॉस मेरी इतनी ज़्यादा प्रशंसा करते हैं कि मुझे महसूस होता है, मुझे उनकी प्रशंसा के अनुरूप काम करना चाहिए।"

स्वर्ण की तलाश

मेरे लीडरशिप सेमिनार्स में कई लोगों ने अपनी "युद्ध कथाएँ" बताई हैं कि किसी ऐसे व्यक्ति के साथ काम करना कैसा होता है, जो डाँट-डपट, दबाव या भय का इस्तेमाल करके शासन करता है।

कई मामलों में लीडर ने यही एकमात्र प्रबंधकीय शैली सीखी होती है। ऐसे ही एक लीडर के अधीनस्थ मेरे मित्र ने मुझे बताया, "ऑफ़िस जाने के ख़्याल से ही अधिकतर दिन मेरे पेट में उथलपुथल होने लगती है।"

समाज के हर स्तर पर हमें ऐसे स्त्री-पुरुषों की ज़रूरत है, जो सोने की खुदाई करने वाले खनिकों जैसे हों - यानी ऐसे लोग, जो दूसरों के सर्वश्रेष्ठ को बाहर निकालने में सक्षम हों।

ऐसा नज़रिया विकसित करना सीखें, जो समस्याओं को नहीं, संभावनाओं को देखता हो।

द फ्रेंडशिप फ़ैक्टर के लेखक ऐलन लॉय मैक्जिनिस कहते हैं, “इतिहास बताता है कि लगभग हर क्षेत्र में एक ख़ालीपन है, जो किसी ऐसे व्यक्ति द्वारा भरे जाने का इंतज़ार कर रहा है, जो लोगों को भविष्य-दृष्टि प्रदान कर सके और उनकी ऊर्जा को सर्वश्रेष्ठ प्रयासों की दिशा में मोड़ सके।”

जब आप दूसरों की प्रशंसा करते हैं, उन्हें प्रोत्साहित करते हैं और उनके सर्वश्रेष्ठ स्वरूप को उभारते हैं, तो आप नई बुलंदियों पर पहुँच जाते हैं।

14

मैं वादा करता हूँ कि मेरी बातचीत उच्च स्तर पर ले जाने वाली होगी

कई साल पहले हमारे रोटरी क्लब के एक अतिथि वक्ता ने एक सुझाव दिया, जिसे मैंने आज़माने के बारे में सोचा। उन्होंने कहा था, “चाहे आप किसी भी विषय पर बोल रहे हों, बातचीत का अंत हमेशा किसी आशावादी, सकारात्मक बात से करें।”

उसी दिन मैंने उनकी सलाह को आज़माया। ऐसा करके इतना अच्छा महसूस हुआ कि मैंने इसकी आदत डालने का निर्णय ले लिया।

आज मैं लगभग हर मीटिंग और हर मुलाक़ात को किसी ऊँचा उठाने वाली बात पर ख़त्म करता हूँ।

एक छोटा–सा धक्का

वेट वॉचर्स की संस्थापक जीन निडेच की बनाई योजना करोड़ों सदस्यों को आकर्षित करती है। उनसे किसी ने पूछा, "आप इतने सारे लोगों की मदद कैसे कर पाती हैं?"

उन्होंने स्पष्ट किया कि मदद करने का उनका जोश किशोरावस्था में ही शुरू हो गया था। निडेच नियम से पार्क में टहलती थीं और माताओं को बातें करते देखती थीं, जबकि उनके छोटे बच्चे झूलों पर तो बैठे होते थे, लेकिन उन्हें झुलाने वाला कोई नहीं होता था।

जीन याद करते हुए बताती हैं, "मैं उनके झूले को धक्का दे देती थी। और आप जानते हैं कि जब झूले पर बैठे किसी बच्चे को झुलाया जाता है, तो क्या होता है? बहुत जल्द ही वह अपने पैरों को आगे ले जाता है और ख़ुद करना सीख लेता है। जीवन में मेरी भूमिका बिलकुल यही है - मैं दूसरों को हल्का–सा धक्का देकर आगे बढ़ाने का काम करती हूँ।"

उल्लेखनीय लाभ

आपकी प्रेरणा का क्या प्रभाव होता है? सकारात्मक चिंतक नॉर्मन विन्सेंट पील का मानना था, "आप बेहतर, शक्तिशाली और उत्कृष्ट इंसान बनने में जिसकी भी मदद करते हैं, वह आपके प्रति जीवन भर समर्पित रहेगा।"

निर्माण के कारोबार में उतरें। सृजनात्मक शब्द बोलें और फैलाएँ।

15

मैं हानिकारक आलोचना से बचूँगा

कुछ मित्रों की ख़ातिर मेरी पत्नी और मैं चंदा इकट्ठा करने के लिए आयोजित एक डिनर में गए। इसका उद्देश्य एक सामाजिक सेवा एजेंसी के लिए पैसे इकट्ठे करना था। दुर्भाग्य से, बड़ा डाइनिंग रूम केवल एक तिहाई भरा था और शर्मिंदा संयोजक न आने वालों के लिए क्षमा माँग रहा था।

डिनर के बाद जब हम लौट रहे थे, तो मैंने सुना कि एजेंसी का विचलित प्रेसिडेंट कार्यक्रम के संयोजक को झिड़क रहा था, "ये क्या किया? अगर आपको प्रचार करने का तरीक़ा आता, तो आज डाइनिंग रूम खचाखच भरा होता।"

मैंने मन ही मन सोचा, "इस तरह की बातचीत के लिए यह जगह ठीक नहीं है और निश्चित रूप से वह व्यक्ति अपनी भावनाएँ व्यक्त करने का अधिक सकारात्मक तरीक़ा खोज सकता था।"

पहली चीज़ें पहले

निश्चित रूप से हमें अवांछित व्यवहार से निबटना होता है, लेकिन *सच्चे* प्रोफ़ेशनल्स सुधार के ऐसे तरीक़ों का इस्तेमाल करते हैं, जो आहत करने के बजाय प्रेरित करते हों।

लंबे समय तक कॉलेज और एनएफ़एल में फ़ुटबॉल कोच रहे जॉन रॉबिन्सन कहते हैं, "मैं कभी किसी खिलाड़ी की आलोचना नहीं करता, जब तक कि उस खिलाड़ी को यह यक़ीन न हो जाए कि मुझे उसकी प्रतिभा पर पूरा भरोसा है।"

रॉबिन्सन खिलाड़ी को याद दिलाते हैं कि वह "क़रीब-क़रीब

आदर्श" है, लेकिन कुछ छुटपुट सुधार करने का समय आ गया है, जिनके बिना काम नहीं चलेगा।

अगर कोई अपनी बातचीत इस वाक्य से शुरू करता है, "मैं यह तुम्हारी भलाई के लिए कह रहा हूँ," तो सावधान हो जाएँ। अक्सर इसमें *आपकी* नहीं, *उसकी* भलाई छिपी होती है।

जो व्यक्ति अपने अहं को तुष्ट करने के लिए दूसरों में दोष खोजता है, वह आम तौर पर कम आत्मसम्मान से पीड़ित होता है। जैसा किसी ने कहा था, "दूसरों को छोटा दिखाने के लिए आपको छोटा होना पड़ता है।"

दोषारोपण और ग़लतियाँ निकालने की आदत को अपनी नेतृत्व योग्यताओं की सूची से हटा दें।

16

मैं दूसरों के बारे में फ़ैसला नहीं करने का वादा करता हूँ

संसार "पीठ पीछे आलोचना करने वालों" से भरा हुआ है। हो सकता है उनमें प्रतिस्पर्धा करने की योग्यता न हो, लेकिन इसके बावजूद वे अपनी राय देने में ज़रा भी नहीं हिचकते हैं। "ऐसी मूर्खतापूर्ण रणनीति के सहारे वे जीतने की उम्मीद कैसे कर सकते हैं?"

न्यायाधीश की तरह निर्णय देने वाले लोग आपको हर जगह मिल सकते हैं। मिसाल के तौर पर, कोई नेता तीन मिनट की कोई घोषणा करता है और अख़बार तथा टी.वी. वाले उसके शब्दों को तीस घंटे तक उसी तरह नोचते-खसोटते हैं, जिस तरह गिद्ध मरे हुए जानवर की चीर-फाड़ करते हैं।

आग से जूझना

ब्रॉडवे थिएटर में किसी नए नाटक के मंचन पर करोड़ों डॉलर ख़र्च हो सकते हैं, लेकिन इसकी सफलता अक्सर अगली सुबह प्रकाशित होने वाली समीक्षाओं की दया पर निर्भर होती है। जैसा एक न्यू यॉर्क समालोचक के बारे में कहा गया था, "उसने नाटक की ईंट से ईंट बजा दी। एक भी ईंट नहीं छोड़ी।"

जब आप निशाने पर हों, तो आपको कैसी प्रतिक्रिया करनी चाहिए? कभी भी आग से आग बुझाने की कोशिश न करें। इससे आग और भड़कती है।

जब आप दूसरों के दोष खोजने में अपना समय ख़र्च करते हैं, तो आप उस ऊर्जा से ख़ुद को वंचित कर रहे हैं, जिसकी मदद से आप अपने जीवन का लक्ष्य हासिल कर सकते हैं।

नकारात्मक निर्णय देने के बजाय कुछ ऐसा कहें, जिससे सामने वाले की ख़ुशी और विश्वास में वृद्धि हो। मिशिगन के मार्केटिंग जादूगर रिचर्ड द वॉस कहते हैं, "संसार में बहुत कम चीज़ें सकारात्मक धक्के से अधिक शक्तिशाली होती हैं - एक मुस्कान, आशा का एक शब्द और जब स्थिति मुश्किल हो, तो यह कहना कि 'आप यह कर सकते है!'"

अपना ध्यान भीतर की ओर मोड़ें। आत्मसुधार न सिर्फ़ आपको दोबारा सही दिशा में पहुँचाता है, बल्कि एक नई दिशा में देखने के लिए विवश भी करता है।

17

मैं ईर्ष्या को जीतने के लिए संकल्पित हूँ

टेनेसी के एक किसान के पहाड़ी खेत के बीच से एक छोटी नदी बहती थी, जिसके पानी की बदौलत वहाँ हर साल ज़बर्दस्त फ़सल होती थी। एक दिन किसान की अपने पड़ोसी से बहस हो गई, जिसका खेत उसके खेत के ठीक नीचे था। ईर्ष्या और क्रोध में आकर किसान ने नदी पर बाँध बना दिया।

परिणाम क्या हुए? *दोनों* किसानों की फ़सल तबाह हो गई।

जिन लोगों की भावनाएँ ईर्ष्या या नफ़रत से संचालित होती हैं, उनके व्यवहार को समझना संभव नहीं होता। जैसा मैंने किसी को कहते हुए सुना था, "किसी इंसान से नफ़रत करना वैसा ही है, जैसे किसी चूहे से छुटकारा पाने के लिए अपना घर जला देना।"

द्वेष की जड़ें

शेक्सपियर ने ईर्ष्या को "हरी आँखों वाला राक्षस" कहा था और यह अब भी मौजूद है।

जब ईर्ष्या आपकी इंद्रियों पर हावी हो जाती है, तो किसके दिल को चोट पहुँचती है? आपको! जैसा किसी ने कहा था, "यह हरे सेब खाने जैसा है। इससे कोई दूसरा नहीं, आप ही बीमार पड़ते हैं - और आपके पेट में अच्छा-ख़ासा दर्द होने लगता है।"

यह बात याद रखें : ईर्ष्या से यह पता चलता है कि आप जिससे ईर्ष्या कर रहे हैं, उसके प्रति आपके मन में काफ़ी सम्मान है। शायद ही

कभी आप किसी ऐसे व्यक्ति से ईर्ष्या करते हैं, जिसे आप पसंद न करते हों।

अगली बार जब आप अपने मन में ईर्ष्या उठती महसूस करें, तो ख़ुद को याद दिलाएँ, "इसका मतलब है कि मैं सचमुच इस व्यक्ति को पसंद करता हूँ। ऐसे में मैं इसे सकारात्मक तरीक़े से कैसे प्रदर्शित कर सकता हूँ?"

18

मैं अपने साथ कठोर और दूसरों के साथ नरमाई बरतने का वादा करता हूँ

कुछ लोगों ने दर्जनों सेल्फ़-हेल्प पुस्तकें पढ़ी हैं, व्यक्तिगत विकास के असंख्य सेमिनार्स में शिरकत की है, लेकिन इसके बावजूद वे इसे नहीं समझ पाते हैं। वे लोहे के पंजों और फ़ौलादी इच्छाशक्ति के साथ किसी तानाशाह की तरह दूसरों पर शासन करने की कोशिश करते हैं।

और वे ख़ुद के जीवन को कैसे संचालित करते हैं? आम तौर पर, इसके ठीक विपरीत। वे ख़ुद को लाड़ करने और आरामदेह जीवन जीने के हर अवसर की तलाश करते हैं।

प्लास्टिक बनाने वाले कारख़ाने का मैनेजर वरिष्ठ नागरिकों के एक समूह को कारख़ाना दिखा रहा था। एक बुजुर्ग ने पूछा, "यहाँ कितने लोग काम करते हैं?"

उसने मुस्कुराते हुए जवाब दिया, "लगभग आधे!"

अतिरिक्त प्रयास

जॉन डी. रॉकफ़ेलर के पास अकूत दौलत थी, लेकिन उन्होंने सिखाया है कि धन के लिए मेहनत करना ज़रूरी है। उन्होंने कहा था, “जो धन इंसान के पास बिना उसकी कोशिश के आता है, उससे उसे शायद ही कभी लाभ होता है और अक्सर वह श्राप जैसा होता है।”

आत्म-अनुशासन के पुरस्कार क्या हैं? ज़िग ज़िग्लर के शब्दों में, “जब हम मिलने वाले भुगतान से अधिक काम करते हैं, तो देर-सबेर हमें किए जाने वाले काम से अधिक भुगतान मिलने लगेगा।”

क्या एक साथ कठोर और नरम होना संभव है? इलिनॉय के मशहूर लेखक कार्ल सैंडबर्ग के अनुसार यह संभव है। अब्राहम लिंकन के बारे में अपने विचार व्यक्त करते समय सैंडबर्ग ने संसद के संयुक्त सत्र को मंत्रमुग्ध कर दिया। उन्होंने कहा था, “मानव जाति की गाथा में कभी - कभार कोई ऐसा इंसान धरती पर आता है, जो फ़ौलादी भी हो और मख़मली भी, जो चट्टान की तरह सख़्त हो और छँटते कोहरे जितना मुलायम, जिसके दिमाग़ में भयानक तूफ़ान और पूर्ण शांति का विरोधाभास मौजूद हो।”

भले ही आप विभिन्न प्रकार के कार्य करते हों, अपने जीवन में शक्ति और नरमी, कठोरता और आँसू दोनों को ही रहने की अनुमति दें।

19

मैं वादा करता हूँ कि मैं धैर्य रखने का प्रयास करूँगा

ता तात्कालिक संतुष्टि के इस युग में हम माइक्रोवेव में पका भोजन खाते हैं, “फटाफट भुगतान” करने वाली एटीएम मशीनों से पैसे

निकालते हैं, तुरंत फ़ोटो डेवलप करवाते हैं, अपने मित्रों को ई-मेल भेजते हैं और यदि कंप्यूटर दस सेकेंड में दस लाख संख्याएँ प्रोसेस नहीं कर पाता, तो हम बेचैन हो जाते हैं।

एक व्यक्ति ने सिर उठाकर प्रार्थना की, "हे ईश्वर, मेहरबानी करके मुझे धैर्य प्रदान करें - और तुरंत करें!"

लगन से लाभ होता है

एक बार महान पियानो वादक पादेरव्स्की के एक उत्साही प्रशंसक ने उनसे पूछा, "क्या यह सच है कि आप अब भी हर दिन रियाज़ करते हैं?"

"हाँ," पियानो वादक ने जवाब दिया, "दिन में कम से कम आठ घंटे।"

"आपके पास धैर्य का समुद्र होगा," प्रशंसक ने कहा।

पादेरव्स्की बोले, "मेरे पास भी उतना ही धैर्य है, जितना दूसरों के पास होता है। मैं तो बस इसका इस्तेमाल करता हूँ।"

मिसूरी के एक सम्मेलन में मुझे *द मैजिक ऑफ़ थिंकिंग बिग* के लेखक डेविड श्वाट्ज़र् के साथ मंच पर बैठने का सौभाग्य मिला। अपने उद्बोधन में उन्होंने कहा था कि इंसान तीन तरह के होते हैं : "अधीर, निष्क्रिय धैर्यवान और लगनशील धैर्यवान।"

श्वाट्ज़र् ने अपने श्रोताओं को तीसरी श्रेणी - लगनशील धैर्यवान - में रहने और हमेशा इसकी दिशा में काम करने के लिए प्रोत्साहित किया। उन्होंने कहा, "सभी महान उपलब्धियों के लिए समय की ज़रूरत होती है।"

आपको किसी दिन जो मिलने वाला है, उसकी ख़ातिर आप धैर्य जितनी छोटी सी क़ीमत तो चुका ही सकते हैं।

20

मैं उन लोगों को क्षमा करने का वादा करता हूँ, जिन्होंने मुझे हानि पहुँचाई है

सर्दी-खाँसी के लक्षण दिखते ही आप पहला काम क्या करते हैं? यदि आप अधिकतर लोगों जैसे हैं, तो आप संतरे का रस पीते हैं, एस्पिरिन गटक जाते हैं और दवा लेने के लिए सबसे पास वाले मेडिकल स्टोर की ओर दौड़ पड़ते हैं।

आप स्थिति को सुधारने के लिए तुरंत कर्म करते हैं, क्योंकि आप जानते हैं कि देर करने से स्थिति और बिगड़ जाएगी। ऐसी ही त्वरित प्रतिक्रिया की ज़रूरत तब होती है, जब हमें अपने ख़िलाफ़ किए कार्यों के लिए किसी को क्षमा करना हो। इस संकल्प के बिना हर दिन वह समस्या कई गुना बड़ी होती जाएगी और एक वक़्त ऐसा आएगा जब वह बेक़ाबू हो जाएगी।

स्थायी रूप से क्षमा करें

कई लोग दरअसल कभी भी "द्वेष को दफ़न" नहीं करते हैं। इसके बजाय वे इस पर एक स्मारक बना देते हैं और उस घटना को लेकर बड़ी-बड़ी बातें करते हैं।

"मैं क्षमा तो कर सकता हूँ, लेकिन भूल नहीं सकता।" इस कथन का वास्तविक अर्थ है, "मैं क्षमा नहीं कर सकता।"

बस पाँच शब्दों से हम अतीत को दफ़न कर सकते हैं, वर्तमान का उपचार कर सकते हैं और अपने हृदय को एक उज्ज्वल भविष्य के लिए खोल सकते हैं। वे शब्द हैं, "मैं आपको क्षमा करता हूँ।"

21

मैंने जिन्हें आहत किया है, उनसे कहूँगा "मुझे क्षमा कीजिए"

बाल्टीमोर के एक अकाउंटेंट टॉम बेली बताते हैं कि एक बार उनकी अपने बॉस से ज़ोरदार बहस हो गई थी। किसी ग्राहक को बिल भेजने की बात पर दोनों ही तैश में थे। दोनों तरफ़ पारा चढ़ा हुआ था। ग़ुस्से से भरे शब्दों की गोलाबारी दोनों तरफ़ से हुई।

अगली सुबह बॉस ऑफ़िस में टॉम का इंतज़ार कर रहे थे। उन्होंने कहा, "कृपया कल के व्यवहार के लिए मुझे क्षमा करें। मुझे वाक़ई अफ़सोस है।"

"कोई बात नहीं," टॉम ने जवाब दिया, हालाँकि उसने बॉस से नज़रें नहीं मिलाईं।

क्षमा माँगने के बाद बॉस काफ़ी बेहतर महसूस कर रहे थे, लेकिन टॉम नहीं। उसने कहा, "मैं मन ही मन अब भी ताव खा रहा था और यह स्वीकार नहीं कर पा रहा था कि मैं ग़लत था।"

दो सप्ताह से अधिक समय बीत गया, तब कहीं जाकर टॉम को अहसास हुआ कि उसे भी माफ़ी माँगने की ज़रूरत है। आख़िरकार, वह अपने बॉस के कक्ष में जाकर बोला, "मैं जानता हूँ कि कुछ ज़्यादा ही समय बीत गया है, लेकिन दो सप्ताह पहले के अपने आक्रोश के लिए मुझे वाक़ई अफ़सोस है। क्या आप मुझे क्षमा कर देंगे?"

"क्यों नहीं," बॉस ने जवाब दिया। "मैं तो उस बात को तुरंत भूल गया था।"

कई लोग दूसरों को तो आसानी से क्षमा कर देते हैं, लेकिन अपनी ग़लती मानना उनके लिए कहीं अधिक कठिन होता है।

बिक्री संबन्धी परामर्श देने वाले नीडो क्यूबिन कहते हैं, "अपनी ग़लती पर कभी सुखद नहीं होता - चाहे आप इस पर कितनी ही सजावट क्यों न कर लें। लेकिन आम तौर पर आप इसे जितनी जल्दी पचा लेते हैं, स्वाद उतना ही कम बुरा लगता है!"

अपनी असफलता स्वीकार करना कमज़ोरी नहीं, बल्कि शक्ति का घोतक है।

अपना फ़र्ज़ निभाना

एक मित्र ने एक बार मुझसे कहा था, "मैंने तो माफ़ी माँग ली थी, लेकिन उसने माफ़ नहीं किया।" मैंने कहा, "चिंता न करें। आपने अपनी तरफ़ से हर ज़रूरी काम कर दिया है।"

क्षमा माँगना इस बात की गारंटी नहीं है कि सुलह हो ही जाएगी। यह तो बस सही दिशा में उठाया गया एक बड़ा कदम है। कारण स्पष्ट है : क्षमा में केवल एक व्यक्ति की ज़रूरत होती है, सुलह में दो की।

आवश्यकता

चक स्विनडॉल कहते हैं, "क्षमा जीवन के पाठ्यक्रम में वैकल्पिक विषय नहीं है। यह तो एक अनिवार्य विषय है और इसकी परीक्षा में उत्तीर्ण होना हमेशा मुश्किल होता है।"

पहला सबक़ है, यह कहना सीखें, "कृपया मुझे क्षमा कर दें।"

22

मैं व्यक्तिगत पूर्वाग्रह को समाप्त करने के लिए कृतसंकल्प हूँ

न्यू यॉर्क की सड़कों पर गुब्बारे बेचने वाला एक व्यक्ति भीड़ को आकर्षित करने का तरीक़ा जानता था। बेचना शुरू करने से पहले उसने एक सफ़ेद गुब्बारा लिया, उसमें हीलियम गैस भरी और उसे एक धागे से बाँधकर हवा में उड़ने दिया। इसके बाद, उसने लाल गुब्बारा फुलाया और फिर पीला।

जब उसके गुब्बारे ख़रीदने के लिए चारों ओर बच्चों की भीड़ लग गई, तो एक छोटे अश्वेत बच्चे ने गुब्बारों को देखकर पूछा, "अब अगर आप काला गुब्बारा फुलाएँगे, तो क्या वह भी ऊपर चला जाएगा?"

गुब्बारा बेचने वाले ने झुककर लड़के की आँखों में झाँका।

"यक़ीनन," उसने कहा। "गुब्बारे के रंग से कोई फ़र्क़ नहीं पड़ता। यह तो उसकी वजह से उड़ता है, जो इसके भीतर है।"

सतह के नीचे

न्यू यॉर्क के इस गुब्बारे बेचने वाले के दिल में जो भाव था, यदि वैसा ही भाव सभी लोगों का होता, तो रंगभेद जैसा बहुत बड़ा सामाजिक अभिशाप ख़त्म हो सकता था।

जो देश समानता में यक़ीन करने का दावा करता है, वहाँ सतह के नीचे कट्टरता और असहिष्णुता की एक परत छुपी है, जिससे हमारी बुनियाद ही ख़तरे में पड़ सकती है।

पूर्वाग्रह की एक सरल परिभाषा है। इसका अर्थ है पहले से राय रखना – तथ्य जानने से पहले ही निर्णय ले लेना। बार-बार देखा गया है कि लोग जिस चीज़ को नहीं समझते हैं, उसके ख़िलाफ़ हो जाते हैं।

इसलिए अब समय आ गया है कि हम अपनी आत्मा की गहराई में देखें। क्या हम ईश्वर की समूची सृष्टि को अंगीकार करते हैं? क्या हम विभाजित करने के बजाय संयुक्त करते हैं? क्या हम रंगभेद से दूर हैं? करुणा से भरे हृदय के लिए प्रार्थना करें, जिसमें असहिष्णुता को रहने की कोई जगह ही न मिल पाए।

23

मैं स्थायी मित्रता बनाने की कोशिश करूँगा

दस वर्ष से अधिक समय से फ्रैंक और स्टीव मायामी में एक रियल एस्टेट ऑफ़िस में काम करते थे। जब फ्रैंक का तबादला अटलांटा हुआ, तो एक अन्य सहकर्मी बोला, "मुझे यक़ीन है, तुम्हें स्टीव की बड़ी याद आएगी।"

फ्रैंक ने जवाब दिया, "वह क़रीबी मित्र नहीं, बस क़रीबी परिचित था।"

सहकर्मी ने आश्चर्य के साथ कहा, "लेकिन आप दोनों तो साथ-साथ हँसे थे और बहुत-सा समय साथ गुज़ारा था।"

एक पल ठहरकर फ्रैंक ने कहा, "हाँ, लेकिन हम कभी मिलकर रोए नहीं थे।"

सूची में कौन है?

यदि आप अपने सर्वश्रेष्ठ मित्रों की सूची बनाते, तो उसमें कौन-कौन शामिल होता? क्या संकट के पल में उन पर भरोसा किया जा सकता है? अगर आपकी क़िस्मत का रुख़ पलट जाए, तो क्या वे मदद करने के लिए वहाँ मौजूद होंगे?

एक शिक्षक ने चौथी कक्षा के बच्चों से मित्र की परिभाषा लिखने को कहा। सबसे उल्लेखनीय परिभाषा एक लड़के ने लिखी, "सच्चा मित्र वह होता है, जो आपके बारे में सब कुछ जानता है, लेकिन इसके बावजूद आपसे प्रेम करता है।"

अपना हृदय दें

मित्रों का दायरा बढ़ाने का संबन्ध सामाजिक ओहदे या आर्थिक लाभ से नहीं होना चाहिए।

हमें केवल साहचर्य का हाथ ही नहीं बढ़ाना चाहिए - बल्कि अपना हृदय भी खोलना चाहिए।

डेल कारनेगी की बात आज भी सच है : "दूसरों में दिलचस्पी लेकर आप दो महीनों में इतने मित्र बना सकते हैं, जितने स्वयं में दूसरों की दिलचस्पी जगाने की कोशिशों से दो साल में भी नहीं बना सकते।"

जीवन भर चलने वाली मित्रताओं की शुरुआत करें।

24

मैं शांतिदूत बनने का वादा करता हूँ

मुझे वह दिन याद है, जब एक कमरे में घुसते ही मैंने देखा कि मेरे दो मित्रों में जमकर बहस हो रही थी। अगर बातें गोलियाँ होतीं, तो मुझे जान बचाने के लिए इधर-उधर छिपना पड़ता!

उनका ध्यान आकर्षित करने और स्थिति को शांत करने के लिए मैंने अपने दोनों हाथ उठाए, जिसका मतलब था, "रुक जाओ!"

जब कमरे में शांति स्थापित हो गई, तो मुझे वह सबक़ याद आया, जो मैंने काफ़ी पहले सीखा था। मैं बहुत धीमे बोलने लगा - इतनी धीमे कि मेरी आवाज़ बड़ी मुश्किल से सुनाई दे रही थी।

यह उपाय कारगर रहा। मेरी बात सुनने के लिए दोनों मित्रों को अपनी आवाज़ नीची करनी पड़ी। जल्द ही उन्होंने सभ्य अंदाज़ में अपने मतभेद सुलझा लिए।

सदियों पहले सूक्तियाँ रचने वाले एक लेखक ने कहा था, "नम्र जवाब से क्रोध दूर भाग जाता है, जबकि कठोर शब्द से भड़क जाता है।"

रहस्य

शांति और सद्भाव का माहौल बनाना इतनी जटिल प्रक्रिया भी नहीं है कि उसमें बरसों के अभ्यास की ज़रूरत हो। स्टीफ़न आर. कवी ने अपनी पुस्तक *द सेवन सीक्रेट्स ऑफ़ हाइली सक्सेसफुल पीपल* में कहा है, "यदि मुझे पारस्परिक संबन्ध के क्षेत्र में सीखे सबसे महत्वपूर्ण सिद्धांत का सार एक वाक्य में कहना हो, तो वह यह होगा : पहले समझने की कोशिश करें, बाद में समझाने की।"

मुझे डेव और सैली वेल्डे नामक मित्रों की हौंडा कार पर लगी लाइसेंस प्लेट 1 - ACCORD बड़ी पसंद है।

25

मैं अपने परिवार और मित्रों के प्रति पूर्ण वफ़ादारी का संकल्प लेता हूँ

अधिकतर लोगों को वफ़ादारी के मायने बताने की ज़रूरत नहीं होती। वे हर दिन इसका अभ्यास करते हैं। दुर्भाग्य से, कुछ लोगों के कार्य ग़लत दिशा में होते हैं।

- एल्विस के हज़ारों वफ़ादार प्रशंसक "द किंग" के जन्मदिन पर मेम्फ़िस स्थित ग्रेसलैंड मैंशन में हुजूम बनाकर पहुँचते हैं।
- कई खेल-प्रेमी अपनी टीम का उत्साह बढ़ाने के लिए देश के दूसरे छोर तक चले जाते हैं, भले ही उनकी जेब की आख़िरी पाई भी ख़र्च हो जाए।
- रिवरसाइड (कैलिफ़ोर्निया) के एक पशु-चिकित्सक ने मुझे बताया, "मेरे कुछ ग्राहक तो ऐसे होते हैं, जो परिवार के सदस्यों के बजाय अपने कुत्ते-बिल्लियों के प्रति कहीं अधिक वफ़ादार हैं।"

हम जिनसे प्रेम करते हैं, उनके प्रति सच्ची वफ़ादारी कहाँ है? अपने जीवनसाथी और हमारे बच्चों के प्रति वफ़ादारी कहाँ है?

हमें फ़िल्मी सितारों, मशहूर हस्तियों या उच्च पदाधिकारियों से प्रेम करने के लिए नहीं बनाया गया है। हमें तो अपने परिजनों और मित्रों से कहीं अधिक प्रेम करना चाहिए।

मित्रता का बंधन

जब युवा डेविड ने दैत्य गोलायथ को मार डाला, तो क्या आपको याद है उसके बाद क्या हुआ? डेविड की लोकप्रियता बढ़ती देखकर सम्राट सॉल को ईर्ष्या होने लगी और उन्होंने उसकी जान लेने की कोशिश की।

सॉल के बेटे जॉनाथन ने डेविड की रक्षा की और उनकी मित्रता का बंधन कभी नहीं टूटा।

दूसरों के प्रति सच्चा समर्पण तूफ़ानों को झेल लेता है, प्रलोभनों से बच जाता है और आक्रमण के बावजूद नहीं डगमगाता।

आपको सिर्फ़ एक ही जीवन मिला है। जो लोग आपके विश्वास के हक़दार हैं, उनके प्रति वफ़ादार रहने की क़सम खाएँ।

खंड II

सहयोगियों से वादे

26

मैं अपने सभी कार्यों के लिए ज़िम्मेदार रहने का वादा करता हूँ

मायामी डॉल्फ़िन्स ने 1972 में अपने अपराजित सीज़न के दौरान एक आधुनिक एनएफ़एल रिकॉर्ड बनाया, जो उसे सुपर बाउल चैंपियनशिप की ओर ले गया। मैं उस साल मायामी यूनिवर्सिटी में स्नातकोत्तर विद्यार्थी था और मुझे उस ऐतिहासिक टीम को देखने का मौक़ा मिला। कोच डॉन शुला खिलाड़ियों को विजेता बनाने में इसलिए कामयाब होते थे, क्योंकि वे सिखाते थे कि हर खिलाड़ी को अपने हर कार्य की पूर्ण ज़िम्मेदारी स्वीकार करनी चाहिए। उन्होंने कहा, "श्रेष्ठ मनुष्य ख़ुद को दोष देता है। हीन मनुष्य दूसरों को दोष देता है।"

आपके व्यवहार के लिए अंततः जवाबदेह कौन है? आपके माता-पिता? आपके सहयोगी? आपका रचयिता? नहीं। यह जवाबदारी किसी दूसरे पर नहीं डाली जा सकती। अंतिम जवाब आपको ही देना होता है।

बिशप फ़ुल्टन जे. शीन ने लिखा था, "जीवन एक कैश रजिस्टर की तरह होता है, क्योंकि हर बिक्री की तरह इसमें भी हर लेखा, हर विचार, हर काम दर्ज होता है।"

अंतिम फ़ैसले का इंतज़ार न करें। इसी समय व्यक्तिगत ज़िम्मेदारी स्वीकार करें।

27

उत्कृष्टता मेरे प्रदर्शन का पैमाना बनेगी

"यह दरवाज़े के भीतर आ रही है," *अमेरिकन मरक्युरी* मैग्ज़ीन के प्रकाशक और लेखक एच.एल. मेन्केन ने अपने कर्मचारियों से चिल्लाकर कहा।

सभी ने अपना काम रोककर बॉस की ओर देखा, जो फिर से चिल्लाने लगे, "यह डेस्क के नीचे तक आ गई है। यह हमारी कुर्सियों की सीट तक आ गई है!"

एक चकराए हुए सहकर्मी ने पूछा, "सर, आप किसके बारे में बोल रहे हैं?"

मेन्केन ने जवाब दिया, "यह हमारे चारों ओर है। क्या यह आप सबको दिखाई नहीं देती?" वे अपनी डेस्क के ऊपर उछलकर पहुँच गए।

न्यूज़रूम के लोग दुविधा में पड़ गए और उन्होंने पूछा, "कौन? आप किसके बारे में बात कर रहे हैं?"

मेन्केन ने ज़ोर से जवाब दिया, "कामचलाऊ प्रवृत्ति! हम कामचलाऊ प्रवृत्ति में फँसते जा रहे हैं!"

इसके बाद वे तुरंत ही इमारत से चले गए और स्तब्ध कर्मचारियों को अपनी बातों पर विचार करने के लिए छोड़ गए।

मेन्केन ने ऐसे संगठन से कोई भी सरोकार रखने से इंकार कर दिया, जो उत्कृष्टता की कोशिश नहीं करता था। उन्होंने यह भी सुनिश्चित किया कि उनके आस-पास के लोग जान लें कि वे कमतर प्रदर्शन से कितनी सख़्त नफ़रत करते थे।

आपकी स्थिति क्या है? सर्वोच्च मानदंडों के प्रति आपका समर्पण कितना मज़बूत है?

सिर्फ़ सर्वश्रेष्ठ

क्या आप उस कमर्शियल एयरलाइन के विमान में बैठेंगे, जिसे कोई नौसीखिया पायलट उड़ा रहा हो? क्या आप किसी प्रशिक्षु डॉक्टर को अपने हृदय का ऑपरेशन करने की अनुमति देंगे? ज़ाहिर है, नहीं।

कई बार ऐसा होता है, कि ९९.९ प्रतिशत सटीकता भी काफ़ी नहीं होती। हमें पूर्णता यानी शत-प्रतिशत सटीकता की ज़रूरत महसूस होती है। शायद इसीलिए पैराशूट की सबसे अच्छी पैकिंग वही करते हैं, जो ख़ुद पैराशूट से कूदते हैं।

उत्कृष्टता हमारा लक्ष्य ही नहीं होना चाहिए; इसे तो हमारी आदत होना चाहिए। जैसा रैल्फ़ वॉल्डो एमर्सन ने कहा था, "कोई साधारण काम न करें।"

जिस संसार में लाखों लोग कामचलाऊ जीवन जीने के आदी हैं, उसमें शिखर तक पहुँचना मुश्किल नहीं होता। कुंजी है अपने व्यवहार के लिए सर्वश्रेष्ठ संभव पैमाने तय करना और फिर घंटे दर घंटे, दिन-प्रतिदिन गुणवत्तापूर्ण प्रदर्शन करना।

मैरियट होटल चेन ने अपनी प्रतिष्ठा संयोग से ही अर्जित नहीं की है। इसके संस्थापक जे. विलर्ड मैरियट कहते हैं, "छोटी-छोटी चीज़ों से ही बड़ी चीज़ें संभव होती हैं। किसी भी काम के छोटे-छोटे विवरणों पर ध्यान केंद्रित करने से ही काम आला दर्जे का होता है।"

उत्कृष्टता को अपना पैमाना बनाएँ।

28

मैं पेशेवर अंदाज़ में काम करने का वादा करता हूँ

जन्म से ही टॉम डेम्प्सी के दाएँ पैर में अँगुलियाँ नहीं थीं, लेकिन उनके माता-पिता ने इस अक्षमता की वजह से उन्हें असामान्य नहीं माना। उन्होंने अपने बेटे को बैसाखियों का इस्तेमाल नहीं करने दिया। इसके बजाय उन्होंने टॉम को प्रोत्साहित किया कि वे सामान्य अंदाज़ में जितनी अच्छी तरह चल सकते हों, चलें और कभी बहाने न बनाएँ।

टॉम न सिर्फ़ चले, बल्कि आगे जाकर एक असाधारण खिलाड़ी भी बन गए - ***पेशेवर खिलाड़ी***।

न्यू ऑरलींस के लोग अब भी डेम्प्सी के बारे में बात करते हैं, जहाँ वे सेंट्स टीम में प्लेस किकर थे। टॉम ने डेट्रॉयट लॉयन्स के विरुद्ध हुए मैच में 63 गज़ का जो फ़ील्ड गोल दागा था, वह आज भी एनएफ़एल के इतिहास में सबसे लंबा फ़ील्ड गोल है।

पूर्ण प्रयास

मैंने आज तक किसी भी ऐसे माहिर कलाकार, ओपेरा स्टार या प्रतिभाशाली अभिनेता के बारे में नहीं सुना, जो प्रशिक्षण और अभ्यास के बिना अपने पेशे में शिखर तक पहुँचा हो। मिसाल के तौर पर, चार्ल्स डिकेन्स संयोग से उल्लेखनीय लेखक नहीं बने थे। अपने बारे में उन्होंने कहा था, "मैंने जीवन में जो भी किया है, उसे अच्छी तरह, पूरे दिल से करने की कोशिश की है। मैंने ख़ुद को जिसके भी प्रति समर्पित किया है, पूरी तरह किया है।"

एक बेहतर विचार

अपनी कमज़ोरियों नहीं, योग्यताओं पर ध्यान केंद्रित करें।

टॉमस एडिसन बहुत कम सुनते थे, लेकिन उन्होंने अपनी श्रवण शक्ति को बेहतर बनाने में अपना पूरा समय नहीं लगाया। इसके बजाय, उन्होंने नवाचार करने, सोचने और सृजन करने में अपनी योग्यता को केंद्रित किया। परिणाम क्या हुआ? इस महान आविष्कारक ने तेरह सौ से अधिक पेटेंट्स हासिल किए, जिनमें फ़ोनोग्राफ़, बिजली का बल्ब और इलेक्ट्रिक रेलरोड शामिल थे।

आपके प्रयास की गुणवत्ता सर्वश्रेष्ठ के कितने क़रीब है? इसे आप कौन सा दर्ज़ा देंगे? उचित? अच्छी? श्रेष्ठ? यह पेशेवर बनने का समय है!

29

मैं अपॉइंटमेंट्स के लिए समय का पाबंद रहने का वादा करता हूँ

अगर आप डिनर रिज़र्वेशन कराएँ और आमंत्रित अतिथि समय पर न आएँ, तो आपको कैसा महसूस होगा? क्या ऐसा कभी आपके साथ हुआ है? दस मिनट, फिर पंद्रह मिनट गुज़र जाते हैं। इससे पहले कि आप जान पाएँ, आपको पता चलता है कि आपने इंतज़ार में तीस मिनट बर्बाद कर दिए हैं और मेन्यू को इतनी बार देख डाला है कि यह आपको याद हो चुका है।

अब इसी स्थिति को उलटकर अपने संदर्भ में देखें? तत्परता और समयबद्धता की आपकी छवि कैसी है? क्या आपके मित्र और सहयोगी कभी यह सोचने पर विवश हुए हैं कि कहीं आपकी घड़ी रुक तो नहीं गई?

उत्पादन करने वाले संपूर्ण अमेरिका के कारख़ानों ने "ठीक समय पर" (जस्ट-इन-टाइम) उत्पादन प्रक्रिया अपना ली है। यानी सारे पार्ट्स ठीक उसी समय आते हैं, जब उनकी ज़रूरत होती है। कई मामलों में इससे कच्चा माल रखने वाले वेयरहाउसेस की ज़रूरत ही ख़त्म हो गई है। कितना बेहतर रहेगा, अगर सभी कर्मचारी सटीक टाइमटेबल के पालन के इस दर्शन को अपना लें?

डॉक्टर कहाँ है?

एक व्यक्ति ने एक बार मुझे बताया था, "मैं किसी डॉक्टर या डेंटिस्ट के यहाँ लंबा इंतज़ार नहीं करता हूँ। पंद्रह मिनट बाद मैं रिसेप्शनिस्ट से कहता हूँ, 'क्या डॉक्टर मुझे देखने के लिए तैयार हैं? मेरा अपॉइंटमेंट तीन बजे का था। अगर वे नहीं देख सकते, तो मुझे दूसरा समय तय करना होगा, क्योंकि मेरे कुछ दूसरे अपॉइंटमेंट्स हैं।"

इसके बाद क्या होता है? उस व्यक्ति ने कहा, "रिसेप्शनिस्ट आम तौर पर मुझे तुरंत अंदर पहुँचाने का कोई न कोई तरीक़ा खोज लेती है।"

समयबद्धता की छवि बनाएँ। अगर आप कोई अपॉइंटमेंट तय करते हैं, तो समय पर पहुँचें - भले ही सामने वाला देर से आए।

इसके अलावा, अपॉइंटमेंट के लिए समय पर *रवाना होने* का महत्त्व भी सीखें। आपके मिनट इतने मूल्यवान हैं कि उन्हें बर्बाद होने से बचाना आपका कर्तव्य है।

30

मैं सही समय पर और सोच-विचार कर निर्णय लूँगा

एक एक्ज़ीक्यूटिव ने स्वीकार किया कि उन्हें निर्णय लेने में समस्या आती थी, जिससे उनके पेशेवर विकास में बाधा आ रही थी। उनके चिंतित बॉस ने उन्हें एक मनोचिकित्सक के पास भेज दिया।

पहली मुलाक़ात में मनोचिकित्सक ने पूछा, “मुझे लगता है आपको निर्णय लेने में मुश्किल आ रही है। क्या यह सही है?”

उस आदमी ने मनोचिकित्सक को पल भर देखा और फिर झिझकते हुए बोला, “हाँ भी - और नहीं भी!”

जैसा मिनियापोलिस में ग्रीटिंग कार्ड शॉप की एक मालकिन ने मुझे बताया, “मुझे ‘अंदर’ और ‘बाहर’ वाली दोनों ट्रे के बग़ल में तीसरी ट्रे की भी ज़रूरत पड़ती है - जिस पर लिखा होता है ‘विचाराधीन’।”

दैनिक दुविधाएँ

वास्तविकता यह है कि हम सभी में समय पर और सोच-विचार कर निर्णय लेने की उससे ज़्यादा क्षमता होती है, जितना कि हम मानते हैं। अगर ऐसा न होता, तो हम व्यस्त यातायात में हर दिन घर जाते वक़्त सुरक्षित कार यात्रा कैसे कर पाते, जिसमें सैकड़ों त्वरित निर्णयों की आवश्यकता होती है।

चूँकि अनुभव सर्वश्रेष्ठ शिक्षक होता है, इसलिए हमारी अधिकतर प्रतिक्रियाएँ स्वचलित बन जाती हैं। अर्थशास्त्री मैरियन फ़ॉल्सन टिप्पणी करती हैं, “आप यह पाएँगे कि अपने करियर में आप जो 95 प्रतिशत

निर्णय लेंगे, उन्हें हाई स्कूल का बुद्धिमान विद्यार्थी भी उतनी ही अच्छी तरह ले सकता है। लेकिन वेतन आपको बाक़ी पाँच प्रतिशत निर्णयों के लिए मिलता है।"

क्या यह सही है?

जब किसी मुद्दे को सुलझाने की बात आती है, तो अधिकतर विशेषज्ञ क्या सलाह देते हैं? वे कहते हैं, "कर्म करने में न हिचकिचाएँ।"

एक ग़लत निर्णय भी अनिर्णय से बेहतर होता है। कम से कम उसे सुधारा जा सकता है।

आपका निर्णय सही है, यह विश्वास कैसे हो? मध्यस्थता करने वाले पैनल में शामिल एक महिला की सलाह पर चलें, "मैं शाश्वत नीति का इस्तेमाल करती हूँ। मैं ख़ुद से पूछती हूँ, 'अगर संसार का हर व्यक्ति मेरे निर्णयों पर चले, तो क्या होगा? यह सभी के लिए अच्छा रहेगा या बुरा?"

एक ट्रैवल कंपनी के प्रेसिडेंट जॉन मॉट ने अपने कर्मचारियों से कहा था, "यदि आप निर्णय लेना चाहते हैं, तो तथ्यात्मक आँकड़ों की शक्ति से सारे विकल्प हटा दें। यदि आप निर्णय नहीं लेना चाहते हैं, तो हम सभी पर अहसान करें और रास्ते से हट जाएँ।"

आज ही, निर्णय लेने का निर्णय लें!

31

मुझे जितना भुगतान किया जाता है, उतना मैं अर्जित करूँगा

स्कूल के बाद एक दिन तीन लड़के अपने-अपने पिता की योग्यताओं की डींगें हाँक रहे थे। पहले लड़के ने डींग हाँकी, "मेरे पिता इतने तेज़ हैं कि वे तीर चलाकर उसके लक्ष्य तक पहुँचने से पहले ही उसे पकड़ सकते हैं।"

तेज़ी से सोचते हुए दूसरे लड़के ने इससे भी बड़ी डींग हाँकी। "यह काफ़ी अच्छा है, लेकिन मेरे पिता तो इससे भी ज़्यादा तेज़ हैं। वे किसी हिरण को गोली मार सकते हैं और गोली के वहाँ पहुँचने से पहले ही हिरण को पकड़ सकते हैं।"

तीसरे लड़के ने शांति से सुना और फिर कहा, "मेरे पिता तुम दोनों के पिता से तेज़ हैं। 4.30 बजे उनका ऑफ़िस छूटता है और वे 4.15 पर घर लौट आते हैं!"

यह नियम है!

कल्पना करें कि उस संगठन में कितना अविश्वसनीय उत्पादन होगा, जिसके कर्मचारी सचमुच वही करते हों, जिसके लिए उन्हें भुगतान किया जाता है?

हमें तुच्छ कार्यों में समय बर्बाद करने के लिए नहीं बनाया गया।

चक कॉल्सन और जैक एकर्ड ने अपनी पुस्तक *वाय अमेरिका डज़न्ट वर्क* में कहा है : "ईश्वर ने मानव जाति को अपने बनाए संसार को विकसित करने और इस पर शासन करने के लिए बनाया था। यह कर्म का आह्वान था, जिसमें शारीरिक श्रम (पेड़ों की छँटाई करना तथा

खेत जोतना) और बौद्धिक श्रम (जानवरों को नाम देना) दोनों शामिल थे। उनमें से किसी को भी दूसरे से अधिक बड़ा या महत्वपूर्ण नहीं बताया गया था - बाद वाली पीढ़ियों ने अक्सर यह ग़लती की है।"

हमें ख़ुद से लगातार पूछना चाहिए, "क्या मैं वाक़ई वह कर रहा हूँ, जिसकी मुझसे अपेक्षा की जाती है? क्या मैं सचमुच अपने कमाए धन को अर्जित कर रहा हूँ?"

32

मैं स्वर्णिम नियम के अनुरूप जिऊँगा

चैटनूगा के एक जीवन बीमा सेल्समैन ने बरसों तक अपनी कंपनी का नेतृत्व किया। जब उनकी बेहतरीन सफलता का राज़ पूछा गया, तो वे बोले, "मानसिक रूप से मैं ख़ुद को ख़रीदार की जगह रखकर देखता हूँ। मैं उसकी ज़रूरतों और इच्छाओं का अनुमान लगाता हूँ। मैं प्रॉडक्ट्स नहीं बेचता हूँ। मैं तो बस वही इच्छाएँ पूरी करता हूँ और वैसी सेवा देता हूँ, जैसी मैं स्वयं के लिए चाहता।"

सेल्समैन दरअसल उस सिद्धांत का अभ्यास कर रहा था, जिसे स्वर्णिम नियम कहा गया है : "दूसरों के साथ वैसा ही व्यवहार करो, जैसा आप अपने साथ चाहते हों।"

सकारात्मक कर्म

कई प्राचीन यूनानी और यहूदी गुरुओं ने इस अवधारणा को निषेधात्मक शैली में सिखाया था। मिसाल के तौर पर, आइसोक्रेट्स ने तीसरी सदी ईसा पूर्व में लिखा था, "जैसा व्यवहार अपने साथ होने पर आपको क्रोध आता हो, दूसरों के साथ वैसा मत करो।"

अगर आप झील पर पिकनिक का आनंद ले रहे हों और किसी मछुआरे को नाव से गिरते व डूबते देखें, तो आप कैसी प्रतिक्रिया करेंगे? मेरा मानना है कि आप तुरंत पानी में कूद पड़ेंगे और उस अजनबी की जान बचाने की कोशिश करेंगे। क्यों? पहली बात, क्योंकि आपने एक ज़रूरतमंद इंसान को देखा; और दूसरी बात, यदि ऐसी स्थिति में आप स्वयं होते तो यह उम्मीद करते कि कोई आपको बचाने आएगा।

प्रमुख शब्द

एक बात सुनकर मैं हैरान रह गया : "मैं इस वर्ष सिर्फ़ उन्हीं लोगों को क्रिसमस कार्ड भेज रहा हूँ, जिन्होंने मुझे कार्ड भेजे हैं।" यह तो क्रिसमस का सच्चा जज़्बा नहीं है।

स्वर्णिम नियम का अहम शब्द है "करो।" दूसरे शब्दों में, पहला क़दम आपका है।

बोने व काटने के नियम से आपको फूल भी मिल सकते हैं और काँटे भी। इसलिए अगर आप किसी सुंदर चीज़ की फ़सल काटना चाहते हैं, तो उसी के बीज बोएँ।

अपने दिल में आप जानते हैं कि क्या सही है। अब अपने जीवन में उस पर अमल भी करें।

33

मैं लेने वाले के बजाय देने वाला बनने का वादा करता हूँ

रोम के क़ानून के तहत सैनिक को यह अधिकार था कि वह किसी भी नागरिक से एक मील तक अपना बोझ उठाने को कह सकता था। एक बार एक थके हुए योद्धा ने एक बूढ़े आदमी से अपना बोझ उठाने को कहा। लेकिन एक मील बाद वह बूढ़ा आदमी बोझ नीचे रखने को तैयार नहीं हुआ।

सैनिक ने ज़ोर देकर कहा, "आपने एक मील तक बोझ उठा लिया है।"

"अब कृपया इसे नीचे रख दें। मैं इसे उठा सकता हूँ।"

बूढ़े आदमी ने कहा, "मैं इसे नीचे नहीं रखना चाहता।"

"मेरी बात समझने की कोशिश करें। पहला मील देश के प्रति मेरा कर्तव्य है, लेकिन अगर मैं सच्ची सेवा करना चाहता हूँ, तो मुझे अपने कर्तव्य से आगे जाना चाहिए। इसीलिए मैं इसे अगले एक मील भी उठाना चाहता हूँ।"

आपका सच्चा मूल्य

लेने वाले के बजाय देने वाला बनने का निर्णय लेने से आपको जीवन के बारे में एक नया दृष्टिकोण मिलता है।

एक रिपोर्टर ने एक बहुत दौलतमंद इंसान से पूछा, "क्या मैं आपसे पूछ सकता हूँ कि आपका मूल्य कितना है?"

उसने जवाब दिया, "चार लाख डॉलर।"

पत्रकार ने चकित स्वर में कहा, "लेकिन हमारी जानकारी के हिसाब से तो आपके पास कई करोड़ डॉलर की संपत्ति है।"

उस आदमी ने कहा, "आपकी बात सही है। लेकिन आपने मेरा मूल्य पूछा था और मेरा मानना है कि इंसान का मूल्य वह है जो वह देता है, न कि वह जिसका वह मालिक है। पिछले वर्ष मैंने परोपकार में 4 लाख डॉलर दान दिए थे और मेरे लिए यही मेरे सच्चे मूल्य का पैमाना है।"

अगर आपकी दौलत आपके स्वामित्व की वस्तुओं के बजाय आपके द्वारा दिए गए के हिसाब से आँकी जाए, तो आपका मूल्य कितना होगा?

विन्स्टन चर्चिल के शब्दों में, "हम आजीविका उससे बनाते हैं, जो हमें मिलता है; जीवन उससे बनाते हैं, जो हम देते हैं।"

चूँकि आप अपनी दौलत साथ नहीं ले जा सकते, इसलिए आज ही बाँटना शुरू करें।

34

मैं स्वार्थपूर्ण व्यवहार को पहचानने और जड़ से उखाड़ने के लिए कृतसंकल्प हूँ

"मैं किसी के ख़िलाफ़ नहीं हूँ; मैं तो बस अपने बारे में सोचता हूँ," टैक्सस कॉलेज के एक विद्यार्थी ने कहा, जब उसके साथियों ने उसे आत्मकेंद्रित और बेपरवाह होने के लिए झिड़का। ऐसी सोच रखने वाला वह निश्चित रूप से अकेला इंसान नहीं है।

करोड़ों लोग इस ख़तरनाक दृष्टिकोण में अटके हुए हैं। मनोवैज्ञानिक जेम्स डॉब्सन ने कहा है, "'मैं पहले' के दर्शन में हमारे संसार को टुकड़े-टुकड़े कर देने की शक्ति है, चाहे इसे विवाह पर लागू किया जाए या कारोबार या अंतरराष्ट्रीय राजनीति में।"

आपका स्कोर क्या है?

अगर आप दस क़रीबी मित्रों से कहें कि वे आपके व्यवहार का मूल्यांकन एक (आत्मकेंद्रित) से लेकर दस (दूसरों पर केंद्रित) के पैमाने पर करें, तो आपका स्कोर क्या होगा?

शायद हमें कीड़ों से सबक़ सीखना चाहिए। अपनी ही स्वार्थपूर्ति करने के लिए जीने वाली मक्खी गंदगी में रहती है और कचरे से खाती है। दूसरी ओर, मधुमक्खियाँ चाहती हैं कि वे मधुरता और शहद के साथ मानव जाति की सेवा करें, इसलिए उन्हें फूलों के परागकणों पर स्वयं को पोषित करने का अधिकार दिया गया है।

अपने जीवन को खिलने की अनुमति दें। स्वार्थपूर्ण व्यवहार को जड़ से उखाड़ डालें।

शायद अपनी शब्दावली पर क़रीबी निगाह डालने का वक़्त आ गया है। "मैं" कहने के बजाय "हम" कहें। लगातार "मैं" का इस्तेमाल करने के बजाय देखें कि "आप" कहना कितनी बार संभव है।

अभी से शुरू करते हुए ख़ुद को न्यूनतम और दूसरों को अधिकतम वाली प्रवृत्ति का सचेतन प्रयास करें। आपको इस निवेश से इतने अधिक लाभ मिलेंगे, जितने दूसरे किसी निवेश से नहीं मिल सकते।

35

मैं कभी प्रतिशोध की इच्छा न रखने का वादा करता हूँ

कैंसस में एक किशोर किसी बात पर पड़ोसी किसान से चिढ़ गया। किसान का खेत उस किशोर के घर से लगा हुआ था। प्रतिशोध लेने पर आमादा किशोर खाद-बीज की एक दुकान से जॉनसन ग्रास के

बीज ख़रीद लाया – यह घास बड़ी ही ज़िद्दी होती है और एक बार फैलने पर इससे छुटकारा पाना लगभग असंभव होता है।

उस लड़के ने आधी रात को पड़ोसी की ज़मीन पर ये आक्रामक बीज बो दिए। कुछ ही समय में घास फैल गई और इससे खेती की ज़मीन को भारी नुक़सान हुआ।

चार साल बाद उस युवक को उसी पड़ोसी की बेटी से प्रेम हो गया और आगे चलकर उनका विवाह भी हुआ। बरसों बाद जब उस किसान की मृत्यु हुई, तो वह उस ज़मीन को अपनी बेटी के नाम छोड़ गया।

तीस साल से वह दामाद जॉनसन ग्रास से जूझ रहा है – और जो उसने बोया था, उसी को काट रहा है।

बराबरी करना

कुछ लोगों को जब लगता है कि उनके साथ अन्याय या कोई ग़लत बात की गई है, तो वे उसका प्रतिशोध लेने में ज़िंदगी लगा देते हैं। दुर्भाग्य से, यह इच्छा उनकी ऊर्जा चूस लेती है, उनकी एकाग्रता को ग़लत जगह केंद्रित करती है और उन्हें कोई सार्थक चीज़ हासिल नहीं करने देती।

शायद आपने किसी को यह कहते सुना होगा, "मैं उससे बदला लेने के लिए दस साल से इंतज़ार कर रहा हूँ।" या, "उसने मुझे धोखा दिया था और मैं एक न एक दिन उसे मज़ा ज़रूर चखाऊँगा, चाहे इसमें मेरी पूरी ज़िंदगी ही क्यों न लग जाए!" जो लोग इस तरह सोचते हैं, वे दरअसल यह कह रहे हैं, "मैं छोटी मानसिकता वाला आदमी हूँ।"

इतिहास हमें बताता है कि बड़ी सफलता उन्हीं लोगों ने हासिल की है, जिन्होंने प्रतिशोध व नफ़रत के सामने कभी घुटने नहीं टेके और इन भावनाओं को कभी फलने-फूलने नहीं दिया। उनका तरीक़ा इससे कहीं बेहतर होता है।

द शिकागो के स्तंभ-लेखक सिडनी हैरिस ने लिखा था, "जब हम किसी से 'बदला' लेते हैं, तो हम सचमुच यही कर रहे हैं – हम उनसे जगह बदल रहे हैं; यानी प्रतिशोध में उनके स्तर तक गिर रहे हैं और

अपने पास मौजूद नैतिक लाभ को गँवा रहे हैं।"

दूसरा गाल आगे करना

ईसा मसीह ने इस बारे में बहुत पते की बात कही थी। उन्होंने घोषणा की थी, " 'अपने पड़ोसी से प्रेम करो और शत्रु से नफ़रत।' यह बात सभी ने सुनी होगी, लेकिन मैं तुमसे कहता हूँ, अपने शत्रुओं से प्रेम करो। जो तुम्हें शाप दें, उन्हें आशीष दो। जो तुमसे नफ़रत करें, उनकी भलाई करो। और जो तुम्हें परेशान करते तथा कष्ट पहुँचाते हों, उनके लिए प्रार्थना करो।"

यह अमर सलाह है।

प्रतिशोध की कामना न करें; शांति की कामना करें।

36

मैं सक्रियता से अपनी नेतृत्व योग्यताओं को निखारूँगा

कई बरसों से मैं *लीडर्स आर लवर्स* सेमिनार आयोजित कर रहा हूँ। इसकी विषयवस्तु सरल है : अगर आप ख़रगोशों को प्रेरित करना चाहते हैं, तो छड़ी के बजाय गाजर का ज़्यादा असर होगा।

कई लोग अब भी मानते हैं कि नेतृत्व का उद्देश्य नियंत्रण हासिल करना है। इसीलिए वे लगातार इस गुनताड़े में लगे रहते हैं कि समय, वित्त और भौतिक संसाधनों का नियंत्रण अपने हाथ में कैसे लें तथा लोगों पर हावी कैसे हों।

सौभाग्य से, अब हमें पता चल चुका है कि हम दूसरों को नियंत्रित

करने की जितनी अधिक कोशिश करते हैं, वे विरोध और बग़ावत पर उतने ही अधिक उतारू हो जाते हैं।

उत्कृष्ट एक्ज़ीक्यूटिव्ज़ कभी हावी होने, दबंगता दिखाने या अति-नियंत्रण की कोशिश नहीं करते हैं। इसके बजाय वे दूसरों को शक्ति देने और उन्हें सफल बनाने की पूरी कोशिश करते हैं।

शिखर के गुण

हम अक्सर कल्पना करते हैं कि लीडर बहिर्मुखी होता है, जिसका व्यक्तित्व प्रगतिशील, ऊर्जावान और गहन होता है।

ये किसी लीडर के लिए वांछित गुण तो हो सकते हैं, लेकिन जो लोग लंबे समय तक लीडर्स रहते हैं, उनमें दृढ़ उद्देश्य, विश्वास और ईमानदारी भी होती है। उनकी करनी कथनी से कहीं अधिक महत्वपूर्ण होती है।

- वास्तविक लीडर्स अलग-थलग नहीं रहते हैं; उनसे मिलना-जुलना आसान होता है।
- वास्तविक लीडर्स भावहीन नहीं, परवाह करने वाले होते हैं।
- वास्तविक लीडर्स नीतियों से नहीं, लोगों से बँधे होते हैं।
- वास्तविक लीडर्स अटल और हठी नहीं होते, बल्कि नए विचारों के प्रति खुले होते हैं।

नेतृत्व हमेशा किसी पद या पदवी से नहीं जुड़ा होता; यह तो एक प्रगतिशील प्रक्रिया है।

रेवड़ और गड़रिया

वेस रॉबर्ट्स ने अपनी रोचक पुस्तक *लीडरशिप सीक्रेट्स ऑफ़ अटिला द हूण* में लिखा है, "अगर रेवड़ न हो, तो गड़रिया नहीं हो सकता। सेना

न हो, तो सेनापति नहीं हो सकता। अनुयायी न हों, तो कोई लीडर नहीं हो सकता। इसलिए लीडर्स अपने उद्देश्यों के साथ-साथ अपने अधीनस्थों या अनुयायियों के हितों और कल्याण के प्रहरी होते हैं, जिनकी वे सेवा करते हैं।"

यह भी महत्वपूर्ण है कि हम अपनी बुद्धिमत्ता और मार्गदर्शन के स्रोत यानी ईसा नामक महान गड़रिए को पहचान लें। भजनकार ने प्रार्थना की थी, "मुझे अपने सत्य में ले चलो और मुझे सिखाओ, क्योंकि मेरे मुक्तिदाता ईश्वर आप ही हैं; आपकी सेवा के लिए मैं दिन भर इंतज़ार में खड़ा रहता हूँ।"

पुराने मार्ग का अनुसरण न करें; नया मार्ग बनाएँ। किसी दूसरे की भविष्य-दृष्टि की नक़ल न करें; अपनी ख़ुद की भविष्य-दृष्टि खोजें।

लीडर्स नेतृत्व करते हैं।

37

मैं सेवक लीडर बनने का वादा करता हूँ

अलाबामा यूनिवर्सिटी के मशहूर फ़ुटबॉल कोच पॉल "बियर" ब्राएंट नेतृत्व कला में माहिर थे। वे नेतृत्व करके लोगों को बड़ी सफलता तक ले जाने का रहस्य जानते थे।

उन्होंने एक बार कहा था, "मैं तो अरकैंसास का महज़ एक किसान हूँ। लेकिन मैंने यह सीख लिया है कि टीम को एक सूत्र में बाँधकर कैसे रखा जाता है, कुछ लोगों को ऊपर कैसे उठाया जाता है और बाक़ी को शांत कैसे किया जाता है, जब तक कि उनके दिलों की धड़कन एक नहीं हो जाती - एक टीम। मैं सिर्फ़ तीन बातें कहता हूँ :

- 'अगर कोई चीज़ ख़राब हुई थी, तो वह मैंने की थी।'
- 'अगर कोई चीज़ थोड़ी अच्छी हुई थी, तो वह हमने की थी।'
- 'अगर कोई चीज़ वाक़ई अच्छी हुई थी, तो वह आपने की थी।'"

ब्राएंट कहते हैं, "अपनी टीम के खिलाड़ियों को फ़ुटबॉल मैच में विजेता बनाने के लिए आपको बस इतने की ही ज़रूरत होती है।"

दबाव काम नहीं आता

हो सकता है कि दबाव का इस्तेमाल करके हम भेड़ों और मवेशियों को हाँकने में समर्थ हो जाएँ, लेकिन यह तरीक़ा लोगों के साथ कारगर नहीं होता। शक्ति या दबाव से अल्पकाल में तो प्रगति नज़र आ सकती है, लेकिन यह कभी स्थायी नहीं रहेगी। सिर्फ़ प्रेम और आपसी सम्मान पर आधारित नेतृत्व ही विजयी होता है।

सेवा की तरह किया जाना वाला नेतृत्व कारगर होता है - लक्ष्य हासिल करने, संबन्ध बनाने और ईश्वर का अनुमोदन पाने में।

38

मैं प्रतिस्पर्धा नहीं, सहयोग को बढ़ावा दूँगा

एक कारख़ाने के वाइस प्रेसिडेंट से कहा गया कि वे अपने निजी सर्वश्रेष्ठ प्रदर्शन के बारे में बताएँ। कुछ पल ठहरकर वे बोले, "मैं अपने निजी सर्वश्रेष्ठ प्रदर्शन के बारे में कुछ नहीं कह सकता।"

इसका कारण पूछने पर उन्होंने जवाब दिया, "क्योंकि यह मैंने नहीं किया था। यह तो हमने किया था।"

टीम के सदस्यों के बीच प्रतिस्पर्धा कराने से शायद ही कभी लाभ होता है। दरअसल, यह प्रायः एक विनाशकारी शक्ति होती है, जिससे मित्र कम, शत्रु अधिक बनते हैं।

यह प्रतियोगिता नहीं है

सक्सेस इज़ अ टीम एफ़र्ट के लेखक मेरे मित्र चार्ल्स डिगर्ट कहते हैं, "सफल होने के लिए आपको हर क्षेत्र में उत्कृष्ट होने की ज़रूरत नहीं होती। यदि आपकी योग्यताओं में कहीं कोई कमी है, तो आप दूसरों की शक्तियों की मदद लेकर अपनी शक्ति बढ़ा सकते हैं।

जब आप अच्छी टीम बना लेते हैं, तो आपकी शक्ति आश्चर्यजनक रूप से कई गुना बढ़ जाती है।"

सहयोग कारगर होता है, क्योंकि मिल-जुलकर लक्ष्य हासिल करने से विश्वास बढ़ता है, संवाद को बल मिलता है और शोषण का डर कम हो जाता है।

कारोबार, सरकार और शिक्षा जगत के लीडर्स अब इस निष्कर्ष पर पहुँच रहे हैं कि यदि हम अंदर से प्रतिस्पर्धा करते हैं, तो बाहर सफलतापूर्वक प्रतिस्पर्धा नहीं कर सकते।

अपने भविष्य को "सहयोग" की ठोस बुनियाद पर बनाएँ और यह काम इसी समय शुरू कर दें।

39

मैं अपने सहयोगियों के साथ अधीनस्थों नहीं, साझेदारों जैसा बर्ताव करूँगा

एक कंप्यूटर सॉफ़्टवेयर कंपनी के कर्मचारी अपने मालिक का बहुत सम्मान करते थे। किसी ने मालिक से उनकी नेतृत्व शैली के बारे में पूछा। मालिक का जवाब था, “मैं हर साइज़ का जूता पहन सकता हूँ! किसी भी पशोपेश की स्थिति में मैं ख़ुद को सामने वाले के जूतों में रखने की कोशिश करता हूँ। यानी मैं स्थिति को उसके दृष्टिकोण से देखने की कोशिश करता हूँ, जैसी वह उसे दिखती है। इससे मुझे यह अहसास हो जाता है कि मेरे अलावा भी दूसरा दृष्टिकोण है।”

यदि आप सिर्फ़ योजना या रणनीति बनाकर अपने अधीनस्थों के साथ साझेदारों या सहयोगियों जैसा बर्ताव करेंगे, तो यह कारगर नहीं रहेगा। इसके लिए दिल में सच्ची भावना की ज़रूरत होती है।

इसी अभिप्राय से सॉलोमन ने लिखा था, “जब ऐसा करना आपकी शक्ति में हो, तो भलाई के हक़दार लोगों का भला करने में तनिक भी विलंब न करें।”

आश्चर्यजनक शक्ति

यदि आप लोगों का कायाकल्प होते देखना चाहते हैं, तो उच्च स्तर मूल्यांकन करना सीखें। यदि आप लोगों की अपेक्षाओं से भी आगे जाने के लिए उन्हें प्रेरित करना चाहते हैं, तो इसका अचूक तरीक़ा यह है कि वे स्वयं का जितना ऊँचा मूल्यांकन करते हैं, आप उन्हें उससे भी ऊँचा ग्रेड दे दें।

जब हम लोगों की संभावना या क्षमता में सचमुच यक़ीन करते हैं, तो वे शायद ही कभी हमें निराश करते हैं। *लीडरशिप इज़ एन आर्ट*

नामक अनुभवजन्य पुस्तक में मैक्स डप्री यही संदेश देते हैं। वे सुझाव देते हैं कि हम "दूसरों की शक्ति के प्रति खुलें – और खुलकर मानें कि हम हर चीज़ नहीं *जान* सकते, *हर चीज़* नहीं कर सकते।"

समानता के परिवेश में उल्लेखनीय चीज़ें हो सकती हैं। साझेदार बनाएँ।

40

मैं आपसी विश्वास बढ़ाने का वादा करता हूँ

कुछ लोगों के पास नाशुक्री नौकरियाँ होती हैं, जहाँ उन्हें बहुत कम समर्थन या प्रोत्साहन मिलता है।

न्यू यॉर्क के एक स्कूल सुपरइन्टेंडेंट के साथ जो वाकया हुआ, उसे सुनकर मैं मुस्कुराए बिना नहीं रह सका। उन्हें एक आपातकालीन ऑपरेशन के लिए अस्पताल ले जाया गया और ऐनस्थीसिया का असर ख़त्म होने के बाद जब वे होश में आए, तो एक ईमेल मैसेज उनका इंतज़ार कर रहा था। इसमें लिखा था : "स्कूल के बोर्ड ने आपके जल्द स्वस्थ होने के प्रस्ताव पर कल रात मंजूरी दे दी है, समर्थन में आठ वोट थे और विरोध में छह।"

इम्तहान में उत्तीर्ण होना

हो सकता है आप संसार के सबसे ईमानदार, निष्कपट और संजीदा इंसान हों, लेकिन यह उम्मीद न करें कि हर व्यक्ति – ख़ासकर नया परिचित – बाँहें खोलकर आपको स्वीकार कर लेगा। हममें से अधिकतर लोग स्वभाव से सावधान होते हैं और तुरंत अनुमोदन की मुहर लगाने

में हिचकिचाते हैं। जैसा एक मित्र ने हाल ही में बताया था, "मैं अपने हाथ बहुत बार जला चुका हूँ।"

विश्वास दान में नहीं दिया जाता; इसे तो *अर्जित* किया जाता है। असंख्य छोटे-छोटे इम्तहानों में सफलतापूर्वक उत्तीर्ण होना पड़ता है, तब कहीं जाकर यह हासिल होता है। ऐसे इम्तहान कब हो जाते हैं, इसका आपको पता ही नहीं चलता।

ऐसा परिवेश बनाने की चुनौती हम सभी के सामने होती है, जिसमें हर व्यक्ति दूसरों के सर्वश्रेष्ठ पर यक़ीन करता हो और उनसे इसी की उम्मीद करता हो। फ़्रैंक क्रेन नामक चिकित्सक कहते हैं, "बहुत ज़्यादा विश्वास करने पर आप धोखा खा सकते हैं, लेकिन यदि आप पर्याप्त विश्वास नहीं करेंगे, तो आपका जीवन यातनामय होगा।"

यदि आपको लोगों में सचमुच विश्वास हो, तो उन्हें यह बता दें।

पूर्ण विश्वास

आपके काम सौंपने के तरीक़े से कर्मचारी समझ जाते हैं कि आपको उन पर कितना भरोसा है। मैंने कुछ लीडर्स को देखा है, जो दिखावा तो यही करते हैं कि वे काम सौंप रहे हैं, जबकि दरअसल वे अंतिम निर्णय लेने का अधिकार हमेशा अपने पास रखते हैं। इससे सामने वाले को यह संदेश मिलता है : "छुटपुट मामलों में तो मुझे आप पर भरोसा है, लेकिन महत्वपूर्ण मामलों में नहीं।" अपने आस-पास के लोगों पर पूरा भरोसा रखें। उनकी बुद्धिमत्ता पर भरोसा रखें, उनके विश्वास पर भरोसा रखें।

41

मैं कभी अपनी सत्ता का दुरुपयोग न करने का वादा करता हूँ

जब रिचर्ड निक्सन ने सत्ता के दुरुपयोग के भंडाफोड़ के बाद त्यागपत्र दिया, तो अमेरिकी राष्ट्रपति पद की गरिमा जड़ से हिल गई। इसके झटके पूरे अमेरिका में महसूस हुए।

इसके दो दशक पहले हैरी ट्रूमैन ने राष्ट्रपति के कार्यकाल को अधिकतम आठ वर्षों तक सीमित रखने की बात कही थी : "सत्ता में एक प्रलोभन होता है। यह किसी भी इंसान के ख़ून में उसी तरह पहुँच सकता है, जिस तरह जुए और पैसे की लालसा पहुँचती है।"

क्या आपने कभी सोचा है कि नियंत्रण की असीमित सत्ता होने पर आपका व्यवहार कैसे बदल सकता है? क्या आप सोचते हैं कि आप प्रलोभन से परे हैं? बिली ग्राहम ने कहा था, "हर व्यक्ति के भीतर छोटा-मोटा वाटरगेट होता है।"

अंतरात्मा की आवाज़

हममें से हर एक के भीतर एक ऐसी चीज़ रखी गई है, जो किसी भी कंप्यूटर चिप से अधिक मूल्यवान है - इसे अंतरात्मा कहा जाता है। हम इस छोटी सी अंदरूनी आवाज़ पर कैसी प्रतिक्रिया करते हैं, उसके दूरगामी परिणाम हो सकते हैं।

दूसरों के जीवन को लोग सिर्फ़ देख ही नहीं रहे हैं, वे तो नज़दीकी नज़र रखे हुए हैं - वे किसी भी लक्षण की तलाश कर रहे हैं कि कोई स्त्री या पुरुष कब सीमा लाँघता है।

अमेरिकन एयरलाइंस के प्रेसिडेंट रॉबर्ट एल. क्रैनडल कहते हैं, "लोग अपने लीडर्स पर गर्व करना चाहते हैं। इसका अर्थ यह है कि आपकी अपने कर्मचारियों में यह छवि नहीं होनी चाहिए कि आप उन्हें या दूसरों को धोखा दे सकते हैं। इसके अलावा, आपके निजी पैमाने ऐसे नहीं होने चाहिए, जिन्हें वे स्वीकार न कर सकें।"

आपके पास चाहे जितनी सत्ता हो, आप उसका कैसा इस्तेमाल करेंगे, यह चुनना आपके हाथ में होता है – और अंतिम निर्णय भी आपका ही होता है।

आप कैसे निर्णय लेंगे?

आपको अपने मानदंडों के साथ कभी समझौता नहीं करना चाहिए – भले ही इससे आपका कैरियर ख़तरे में पड़ जाए। ईराक में डेज़र्ट स्टॉर्म आक्रमण अभियान का नेतृत्व करने वाले जनरल नॉर्मन श्वार्ज़कोफ़ ने कहा है : "यदि मेरे सामने कभी यह धर्मसंकट खड़ा हो जाए कि मैं अपने नैतिक सिद्धांतों से समझौता करूँ या अपने कर्तव्य पूरे करूँ, तो मैं जानता हूँ कि मैं नैतिक सिद्धांतों को ही वरीयता दूँगा।"

क्या आपका समर्पण भी ऐसा ही है? ईश्वरीय सहायता से आप शक्ति के दुरुपयोग के हर प्रलोभन से बच सकते हैं।

42

मैं ईमानदारी प्रदर्शित करने का वादा करता हूँ

हाल ही में *यूएसए टुडे* में एथिक्स रिसोर्स सेंटर के एक सर्वे की रपट छपी। इसमें कर्मचारियों से सर्वे में पूछा गया था कि उनके साथी कर्मचारी कौन से नैतिक अपराध करते हैं। आँकड़ों का प्रतिशत नीचे

दिया जा रहा है :

- सुपरवाइज़र से झूठ बोलना - 56 प्रतिशत
- फ़र्ज़ी रिकॉर्ड बनाना - 41 प्रतिशत
- ऑफ़िस में चोरी करना - 35 प्रतिशत

पुराने ज़माने में लोग इस बात की चिंता करते थे कि कहीं किराने वाले ने तराजू पर अपना भारी-भरकम अँगूठा तो नहीं रख दिया। आज बेईमान किराने वाला कंप्यूटर बार कोड में ऊँचे भाव की प्रोग्रामिंग कर सकता है। हमारा संसार भले ही हाई-टेक हो गया हो, लेकिन इंसान का दिल नहीं बदला है; बस धोखा देने के तरीक़े बदल गए हैं।

मिसाल पेश करना

कारोबार के कुछ दिग्गज अपने अधीनस्थों को मिश्रित संदेश भेजते हैं। एक ओर तो वे कहते हैं, "हम सिद्धांतरहित गतिविधि को बर्दाश्त नहीं करेंगे।"

दूसरी ओर वे कहते हैं, "आप अपने अनुमानित लक्ष्य से पीछे चल रहे हैं। उम्मीद है कि आप उन तक पहुँच जाएँगे। मुझे यह न बताएँ कि आप यह कैसे करेंगे - बस इसे कर दें!"

जैसा लेखक पीटर ड्रकर कहते हैं, "नैतिकता बस कारोबार संबन्धी सामान्य पुस्तक की प्रस्तावना में ही रहती है।"

कई लोगों को लगता है कि चालाकी और धूर्तता भरी हेराफेरी से वे कामयाब हो रहे हैं, लेकिन दरअसल ऐसा नहीं होता है। सिलिकॉन चिप के आविष्कारक रॉबर्ट नॉएस कहते हैं, "मैं नहीं मानता कि कारोबार में अनैतिक लोग आगे निकलते हैं। अगर नैतिकता शिखर पर कमज़ोर होती है, तो इस व्यवहार की नक़ल पूरे संगठन में की जाती है।"

ईमानदारी अंशों में नहीं नापी जाती। या तो आप 100 प्रतिशत ईमानदार होते हैं या फिर नहीं होते।

हम छिप नहीं सकते

जब हम रोशनी में हों और लोग देख रहे हों, तो निष्कलंक व्यवहार करना आसान होता है। लेकिन जब कोई आस-पास नहीं होता, तो हम क्या करते हैं?

ड्वाइट एल. मूडी ने कहा था, "चरित्र दिखाई देता है - अँधेरे में भी।"

यह पक्का कर लें कि आपके जीवन की आधारशिला पर ईमानदारी अंकित हो।

खंड III

स्वयं से वादे

43

मैं सच बोलने का वादा करता हूँ

हम झूठों के देश की श्रेणी में आ चुके हैं। धोखाधड़ी करना हमारे समाज का इतना अभिन्न हिस्सा बन चुका है कि अधिकतर लोग इस बारे में सोचने के लिए शायद ही कभी दो पल भी ठहरते हैं। वे अपने बायोडाटा में हेराफेरी करते हैं, अपने ग़लत कामों के लिए झूठे बहाने गढ़ते हैं और सच्चाई पर लगातार पर्दा डालते रहते हैं।

जिन लोगों को हम ज़रा भी नहीं झेल पाते, उनसे हम कहते हैं, "आपसे मिलकर बड़ी ख़ुशी हुई।" फ़ोन की घंटी बजने पर हम जवाब देते हैं, "मुझे अफ़सोस है; वह यहाँ नहीं है," जबकि वह व्यक्ति दरअसल उसी कमरे में है।

अनुभव की रोशनी में हम कुछ बातों पर यक़ीन न करना सीख लेते हैं, जैसे, "डॉक्टर जल्दी ही आ जाएँगे," "चेक कल ही भेज दिया है," या "अगर चुनाव में मुझे चुन लिया जाता है, तो..."

ग़लत जवाब

न्यू जर्सी के एक पादरी ने घोषणा की, "अगले सप्ताह मैं धोखे पर प्रवचन दूँगा और मैं चाहता हूँ कि आप 155वाँ भजन पढ़कर आएँ।"

अगले रविवार को प्रवचन शुरू करते वक़्त उन्होंने पूछा, "आपमें से कितने 155वाँ भजन पढ़कर आए हैं?"

चर्च में लगभग सभी लोगों ने हाथ उठा दिया।

पादरी ने कहा, "मैं आप लोगों को निराश नहीं करना चाहता, लेकिन 155वाँ भजन है ही नहीं।"

यूएसए टुडे के हाल में हुए एक सर्वे में उजागर हुआ कि सिर्फ़ 56 प्रतिशत अमेरिकी ही अपने बच्चों को ईमानदारी का सबक़ सिखाते हैं। क्या माता-पिता स्वयं के व्यवहार पर इतने शर्मिंदा रहते हैं कि इस विषय पर बातचीत करने से भी कतराते हैं?

इस बात की हम सिर्फ़ कल्पना ही कर सकते हैं कि लीडरों की भावी पीढ़ी कैसी होगी। एक हैरिस सर्वे में हाई स्कूल के 65 प्रतिशत विद्यार्थियों ने खुलकर स्वीकार किया कि यदि परीक्षा महत्वपूर्ण हो, तो वे नक़ल करना चाहेंगे।

वादा करें कि आप ईमानदारी और धोखेबाज़ी के बीच की रेखा नहीं लाँघेंगे।

44

मेरी बात हमेशा मेरा वादा रहेगी

"क्या आप ईश्वर को हाज़िर-नाज़िर मानकर क़सम खाते हैं कि आप जो कहेंगे सच कहेंगे, पूरी तरह सच कहेंगे और सच के सिवा कुछ नहीं कहेंगे?" - गवाह से पूछा जाता है और वह बाइबल पर दायाँ हाथ रखकर जवाब देता है, "हाँ, मैं क़सम खाता हूँ।"

जैसा टेलीविज़न पर प्रसारित मशहूर अदालती मुकदमों ने साबित कर दिया है, जिस इंसान के दिल में बेईमानी भरी होती है, उसके लिए यह क़सम खाना एक और झूठ बोलने जैसा होता है।

मशहूर लेखक और वक्ता हैडन रॉबिन्सन कहते हैं, "यदि हम अपने अनुबंधों में सुराख़ बनाने के लिए महँगे वकील रखते हैं, तो हम ईमानदार नहीं हैं। जब दो लोगों के बीच स्पष्ट समझ होती है, तो अनुबंध महत्वपूर्ण नहीं होता।

जब हम अपनी ज़बान देते हैं, तो हमें बस इतना ही देना होता है।”

अदालतें भी इस बात से सहमत हैं। कानूनी रूप से मौखिक क़रार भी लिखित अनुबंध जितना ही बंधनकारी होता है।

विश्वास का घटक

कॉलोराडो यूनिवर्सिटी के पूर्व फ़ुटबॉल कोच बिल मैक्कार्टनी ने अपनी टीम पर ज़बर्दस्त प्रभाव डाला। वे बताते हैं, “यदि आप *ईमानदारी* शब्द की सबसे सरल व्याख्या चाहते हैं, तो आप इस नतीजे पर पहुँचेंगे कि ईमानदार आदमी वह होता है, जो अपने वादे पूरे करता है। वह ऐसा इंसान होता है, जिसकी बात पर भरोसा किया जा सकता है। जब वह आपसे वादा करता है, तो आप उसे बैंक में जमा कर सकते हैं। वह अपना किया वादा हमेशा पूरा करता है।”

चरित्र कोई ऐसी वस्तु नहीं है, जिसे ख़रीदा जा सकता हो। यह उन निर्णयों से बनता है, जिन्हें आप अपने हृदय पर स्थायी रूप से अंकित करते हैं। ऐसी छवि बनाने की कोशिश करें, ताकि लोग कहें, “वह अपनी कही बात हमेशा पूरी करता है।”

आपका कहा हर शब्द महत्वपूर्ण होता है; वह आपके स्थायी रिकॉर्ड का हिस्सा होता है।

45

मैं कभी अपने सिद्धांतों से समझौता नहीं करूँगा

“तुम्हारे पिता कहाँ काम करते हैं?” कैरियर संबन्धी चर्चा के दौरान एक स्कूल टीचर ने अपनी क्लास की एक छोटी लड़की से पूछा।

फ़र्स्ट ग्रेड में पढ़ रही लड़की ने जवाब दिया, "यह तो मैं नहीं जानती, लेकिन मुझे लगता है कि वे बिजली के बल्ब और टॉयलेट पेपर के रोल बनाते होंगे, क्योंकि अपने लंच बॉक्स में वे यही चीज़ें घर लाते हैं।"

सिद्धांतों से समझौता करने के ख़तरों पर हम चाहे हज़ारों बातें सुन लें, लेकिन जब तक कि हम अपने व्यक्तिगत निर्णय न लें, तब तक शब्द मायने नहीं रखते।

धीमा पतन

एक टेलीविज़न इंटरव्यू में वर्जीनिया के जेल अधिकारी ने कहा था, "बड़े चोर रातोंरात नहीं बनते हैं। हमारी कालकोठरियाँ ऐसे लोगों से भरी हैं, जिन्होंने पड़ोस की किराना दुकानों से चॉकलेट चुराकर शुरुआत की थी और उनकी भूख बढ़ती गई।"

जिस तरह जंग किसी पुल की बुनियाद को खा जाता है, उसी तरह हमारे मानदंड और सिद्धांत धीरे-धीरे कमज़ोर हो सकते हैं और फिर एक दिन ऐसा आता है, जब नैतिकता की पूरी इमारत ही ढह जाती है।

अटलांटा के बैंक में काम करने वाले एक अकाउंटेंट ने छह लाख डॉलर से अधिक का ग़बन किया और उसे सज़ा मिली। उसने स्वीकार किया, "यह सब छोटी-छोटी राशियों से शुरू हुआ था। मैं पहले दस डॉलर, फिर बीस डॉलर जेब में डाल लेता था और किसी तरह इसे तर्कसंगत साबित कर देता था। समय के साथ स्थिति बेक़ाबू होती गई और मेरा भांडा फूट गया।"

अपने मानदंडों के साथ समझौता करने के हल्के से प्रलोभन का भी प्रतिरोध करें। आप दूसरों की नैतिक भूलों को तो नज़रअंदाज़ कर सकते हैं, लेकिन ख़ुद से कभी नहीं बच सकते!

46

मैं जितना बोलता हूँ, उससे अधिक सुनने का वादा करता हूँ

मेरे अनुभव से मित्र बनाने का सबसे तेज़ तरीक़ा यह है कि किसी की कही गई बात को ग़ौर से सुना जाए और उसे अपने नहीं, उसी के पसंदीदा विषय पर बात करने के लिए प्रोत्साहित किया जाए।

अपनी जीभ पर लगाम कसने में संयम की ज़रूरत होती है, क्योंकि आपके दिमाग़ में दर्जनों विचारों का सैलाब घुमड़ता रहता है। बहरहाल, इसके परिणाम इतने अच्छे होते हैं कि यह कोशिश करने लायक़ है। कहावतों के शब्द याद रखने लायक होते हैं : "शांत रहने पर मूर्ख को भी समझदार माना जाता है; जब वह अपने होंठ बंद रखता है, तो उसे ज्ञानी समझा जाता है।"

कहा जाता है कि ज्ञान ही शक्ति है - और आप यह शक्ति बोलकर नहीं, सुनकर हासिल करते हैं।

इतिहास में ऐसा समय पहले कभी नहीं रहा, जब इतनी सारी जानकारी तुरंत उपलब्ध रहीं हो। हज़ारों पुस्तकें सीडी पर आ चुकी हैं और वे आपकी कार को चलता-फिरता क्लासरूम बना सकती हैं। ई-बुक्स एक क्लिक करने पर उपलब्ध हो जाती हैं।

बहरहाल, अधिकतर लोग उस ज्ञान का लाभ नहीं लेते हैं, जो उनकी उँगुलियों पर इंतज़ार कर रहा है। इसके बजाय वे बेतुकी गपशप में वक़्त बर्बाद करना अधिक पसंद करते हैं।

अगर आप लगातार जानकारी बाँटने में लगे रहें और कभी ग्रहण न करें, तो आप कभी ज्ञान का भंडार नहीं बन सकते। जितना बोलें, उससे ज़्यादा सुनने का चेतन प्रयास करें। परिणाम देखकर आप हैरान रह जाएँगे।

47

मैं अपने वैचारिक जीवन पर क़ाबू रखूँगा

हर दिन सैकड़ों - संभवतः *हज़ारों* - विचार हमारे दिमाग़ से होकर गुज़रते हैं। इनमें से कई तो क्षणिक होते हैं, जो तेज़ी से आते हैं और पलक झपकते ही लुप्त हो जाते हैं। बहरहाल, कुछ विचार इतने प्रबल होते हैं कि वे हमारी सोच ही नहीं, भावनाओं को भी प्रभावित करते हैं।

अपनी पुस्तक *ऐज़ अ मैन थिंकेथ* में जेम्स ऐलन बताते हैं कि यह प्रक्रिया कैसे हमारे पूरे जीवन पर असर डालती है। वे कहते हैं, "आपके हाथों में आपके विचारों के परिणाम रख दिए जाएँगे। आपको वही मिलेगा, जो आप अर्जित करते हैं; न कम, न अधिक। चाहे आपका वर्तमान परिवेश कैसा भी हो, आप अपने विचारों, अपने सपने के अनुरूप नीचे गिरेंगे, वहीं रहेंगे या ऊपर उठेंगे। आप अपनी मामूली इच्छा जितने छोटे बन जाएँगे; अपनी सबसे प्रबल आकांक्षा जितने महान बन जाएँगे।"

ऐलन आगे कहते हैं, "मनुष्य वस्तुतः वही होता है, जो वह सोचता है। उसका चरित्र उसके सभी विचारों का महायोग होता है।"

नवाचारी विचार

मशहूर लेखक एच. एल. मैन्केन के अनुसार, "आम आदमी अपने जीवन के इस छोर से उस छोर तक दरअसल कभी सोचता ही नहीं है। ऐसे लोग सिर्फ़ घिसी-पिटी बातों को दोहराने की मानसिक गतिविधि करते रहते हैं। वे जिसे ग़लती से विचार समझ लेते हैं, वह सुनी हुई बातों का दोहराव भर होता है।"

मैन्केन कहते हैं, "मेरा अंदाज़ा है कि ८० प्रतिशत से अधिक लोग बिना किसी मौलिक विचार के ही पूरा जीवन व्यतीत कर देते हैं।"

कितने अफ़सोस की बात है!

अंतिम प्रेरणा

इतिहास पर सरसरी नज़र डालने से पता चलता है कि नए विचार में दैवी ऊर्जा होती है। मिसाल के तौर पर, मार्टिन लूथर किंग इस बात पर दुखी थे कि हर जगह लोग अपने अच्छे कार्यों से ईश्वर को प्रसन्न करने की कोशिश कर रहे थे। एक वाक्य बार-बार उनके दिमाग़ में घुमड़ता रहा : "न्यायपूर्ण लोग अपनी आस्था द्वारा जिएँगे।"

यह विचार उनकी आत्मा पर इतना हावी हो गया कि उन्होंने यह संदेश हर सुनने वाले को बताया। फलस्वरूप महान सुधार का सूत्रपात हुआ, जिसने चर्च की दिशा को हमेशा-हमेशा के लिए बदल दिया।

आपके जीवन के केंद्रीय विचार कौन से हैं? कौन से विचार आपका ध्यान आकर्षित करने का युद्ध जीत रहे हैं? ध्यानपूर्वक उनकी रक्षा करें, क्योंकि वे आपको अपनी ओर तब तक खींचेंगे, जब तक कि आपका जीवन उन्हीं विचारों का प्रतिबिंब नहीं बन जाता।

48

मैं औसत से समझौता नहीं करूँगा

मेम्फ़िस में एक रेस्तराँ मालिक से मेरी बातचीत हुई। उसने मुझे बताया कि अच्छे कर्मचारी खोजना कितना मुश्किल होता है। उसने एक रसोइए के लिए विज्ञापन दिया था और इस सिलसिले में दो पुरुषों तथा एक महिला का इंटरव्यू लिया। हर इंटरव्यू के अंत में उसने सवाल

पूछा : "अगर आपको नौकरी मिल जाती है, तो आप इसे कितनी अच्छी तरह निभा पाएँगे?"

पहले आदमी ने जवाब दिया, "इतने अच्छे से कि काम चल जाएगा।"

दूसरे ने जवाब दिया, "मैं सोचता हूँ कि मैं औसत रसोइया हूँ।"

जिसे उसने नौकरी पर रखा, उस महिला ने कहा, "सर, मैं वह सर्वश्रेष्ठ कुक बनना चाहती हूँ, जिसे आपने नौकरी पर रखा है।"

मालिक ने मुस्कुराते हुए मुझे बताया, "इसका सबसे अच्छा पहलू यह है कि उसने अपनी इच्छा के अनुरूप प्रदर्शन किया।"

कुछ ख़ास

मैं दर्जनों बहु-गुणी व्यक्तियों को जानता हूँ, जो जीवन में अपने मुक़ाम तक सिर्फ़ इसलिए नहीं पहुँच पाए, क्योंकि उन्होंने कभी औसत की सीमा नहीं लाँघी। वे लेखक एल्बर्ट हबर्ड द्वारा बताए व्यक्ति जैसे होते हैं, जिन्होंने कहा था, "नियम यह है कि जो व्यक्ति सारी चीज़ें बराबर अच्छी तरह कर सकता है, वह बहुत सामान्य या औसत व्यक्ति होगा।"

सामान्य, साधारण और *आम* जैसे शब्द हमें अपनी शब्दावली से बाहर निकाल देने चाहिए।

पोल वॉल्टर बॉब रिचर्ड्स ने ऑलंपिक में दो स्वर्ण पदक जीते हैं। वे कहते हैं, "आप तब तक नहीं जीतते हैं, जब तक कि आप अपने छोटे-छोटे दोषों पर विजय न पा लें। आप महान लोगों को तब तक नहीं हरा सकते, जब तक कि आपका प्रदर्शन आदर्श न बन जाए।

यह सभी के जीवन में सच है। किसी उत्पाद का एक दोष किसी कंपनी को बर्बाद कर सकता है। एक असफलता, चाहे वह छोटी सी ही क्यों न हो, किसी इंसान के जीवन को बर्बाद कर सकती है। दोयमता से संतुष्ट न रहें; अपने भीतर के महानतम के अनुरूप जीने का प्रयास करें।"

कभी भी सामान्य या संतोषजनक ग्रेड से संतुष्ट न हों। इसके बजाय दोयमता के ख़िलाफ़ व्यक्तिगत जंग का बिगुल बजा दें।

49

मैं सार्थक लक्ष्य तय करूँगा और उन्हें हासिल करूँगा

1954 तक संसार का एक भी मनुष्य चार मिनट से कम समय में एक मील नहीं दौड़ा था। ऐसा लगता था, जैसे हर दौड़ में एक अदृश्य साइनबोर्ड लगा रहता हो, "असंभव! यह नहीं किया जा सकता।"

लोग इसे असंभव मानते थे, लेकिन रॉजर बैनिस्टर नामक अँग्रेज़ डॉक्टर और ऑक्सफ़ोर्ड यूनिवर्सिटी के स्नातक ने इसे स्वीकार करने से इन्कार कर दिया। 6 मई 1954 को उन्होंने 3 मिनट 59.4 सेकेंड में एक मील दौड़कर पूरे विश्व को हैरान कर दिया।

क्या यह काम सचमुच इतना मुश्किल था? ज़ाहिर है, नहीं था। अगले महीने ही ऑस्ट्रेलिया के जॉन लैंडी ने उनका रिकॉर्ड तोड़ दिया और उसके बाद से अब तक बीस हज़ार से अधिक लोग - जिनमें कुछ हाई स्कूल के धावक भी हैं - उस लक्ष्य तक पहुँच चुके हैं।

अब इतने सारे लोग इसे कैसे कर सकते हैं? क्योंकि धावक के मन में यह *असंभव* नहीं रह गया है। अब वह इसे *संभव* मानता है।

अपने उद्‌देश्य तक पहुँचने के लिए आपको तीन महत्वपूर्ण बातों की आवश्यकता होती है।

1. यक़ीन करें कि लक्ष्य संभव है।
2. काम को संभव स्तरों की शृँखला में विभाजित कर दें।

3. अपनी योजना स्पष्टता से लिख लें।

लक्ष्य पूरा करने के लिए शायद ही कभी किसी अति-मानवीय प्रयास की आवश्यकता होती है। इसके बजाय यह तो निष्ठा से बहुत सारे छोटे-छोटे लेकिन महत्वपूर्ण काम करने का परिणाम होता है।

समुद्री जहाज़ का कप्तान जानता है कि वह कहाँ जा रहा है - भले ही उसे लगभग पूरी यात्रा में अगला बंदरगाह नहीं दिखता है। वह अपनी मंज़िल पर कैसे पहुँचता है? सावधानी से नक़्शे बनाकर और हर दिन कुछ ख़ास तरीक़ों से कुछ ख़ास चीज़ें करके।

लक्ष्य की ओर बढ़ें!

50

मैं अपने लक्ष्य पर केंद्रित रहूँगा

एक दुखी करदाता की टिप पर एक खोजी टी.वी. रिपोर्टर ने गोपनीय रूप से एक काम किया। उसने एक यूटिलिटी कंपनी के मरम्मत दल के एक दिन के कामकाज की फ़िल्म बनाई। इससे रिपोर्टर को एक सदमे भरी बात बता चली। अपना काम करने के बजाय दो मरम्मतकर्मी शराबख़ानों में गए और उन्होंने दो-दो घंटे की झपकी ली।

छोटी-छोटी बातों में बहुत समय बर्बाद होना

दुर्भाग्य से, केवल ये दो लोग ही ऐसा नहीं करते हैं। जैसा लेखक डेनिस वेटली ने कहा है, “लोग हर दिन अपने जाग्रत घंटों का अधिकतर समय निरर्थक चीज़ों में - आलसी गपशप में, काग़ज़ इधर से उधर करने में, निर्णय टालने में, प्रतिक्रिया करने में, छोटी-छोटी बातों पर ज़्यादा ध्यान देने और तुच्छ चीज़ों पर ध्यान केंद्रित करने में - गँवा देते हैं। वे अपना

समय ऊँची प्राथमिकता के लक्ष्य हासिल करने वाली गतिविधियों में नहीं लगाते हैं, बल्कि तनाव से राहत देने वाले कम प्राथमिकता के कामों में लगाते हैं।"

लक्ष्य लिखने का क्या फ़ायदा, यदि आप अनियंत्रित हो जाएँ और ध्यान आकर्षित करने वाली किसी भी चीज़ का पीछा करने लगें? एक अफ़्रीकी सूक्ति है, "जो दो चूहों का शिकार करता है, वह एक को भी नहीं पकड़ पाता।"

विस्तृत विवरणों पर ध्यान केंद्रित करें। दिग्गज कंपनियाँ महज़ संयोग से अचानक शिखर पर नहीं पहुँची हैं। उनके पास एक बिज़नेस प्लान होता है, जिस पर वे सटीकता से अमल करती हैं। उनकी "लेखा शाखा" आपको किसी भी दिन अद्यतन आर्थिक और बिक्री रिपोर्ट दे सकती है।

हमें अपने निजी जीवन में भी विस्तृत विवरणों पर इतना ही ध्यान देने की ज़रूरत है। चौकस रहें। ख़ुद से वादा करें कि आप अपनी निगाह पुरस्कार पर केंद्रित रखेंगे।

51

मैं अपने विकास में मदद करने वाली चुनौतियों को स्वीकार करूँगा

हमारे प्रगतिशील संसार में कोई चीज़ स्थिर नहीं रहती है। फूल खिलते हैं और मुरझा जाते हैं। समुद्र की लहरें उठती हैं, फिर गिर जाती हैं। पृथ्वी भूकंपों और ज्वालामुखियों से डगमगाती रहती है।

हम उस दहशत के साक्षी हैं, जब सुनामी हज़ारों लोगों को बहाकर ले गई और इंडोनेशिया व जापान का नक़्शा हमेशा-हमेशा के लिए बदल

गया। बहरहाल, विभीषिका के बाद बचे लोगों ने जल्द ही अपने जीवन का पुनर्निर्माण शुरू कर दिया।

आप भी रूपांतर की सतत अवस्था में हैं।

पीक परफ़ॉरमेंस के लेखक चार्ल्स गारफ़ील्ड कहते हैं कि आपको "ख़ुद को एक ऐसे व्यक्ति के रूप में पहचानने की ज़रूरत है, जो शिखर प्रदर्शक नहीं, बल्कि सीखने वाले के रूप में पैदा हुआ था, जिसमें विकास करने, परिवर्तन करने और मानव जीवन की सर्वोच्च संभावनाओं तक पहुँचने की क्षमता थी।"

हममें से प्रत्येक वह टी-शर्ट पहन सकता है, जिस पर यह वाक्य लिखा हो : "कार्य प्रगति पर है!"

हर दिन हमें यह पूछने की ज़रूरत है, "मैं और क्या बन सकता हूँ? मैं और क्या हासिल कर सकता हूँ, जिससे मुझे और मेरे सहयोगियों को लाभ हो? मैं क्या कर सकता हूँ, जिससे मैं अपने परिवार, समुदाय और चर्च के प्रति योगदान दे सकूँ?"

जब जीवन में कोई विशाल बाधा आन खड़ी होती है, तो निराशा में हाथ उठाकर चिल्लाना आसान होता है, "सब ख़त्म हो चुका है। मेरे सबसे अच्छे दिन ख़त्म हो गए हैं!"

निराश न हों। यह एक बिलकुल नई शुरुआत का शुभारंभ हो सकता है। कभी भी मुश्किल समय का सामना करने से न घबराएँ।

एक सच्चे लीडर का वर्णन टी बैग की तरह किया गया है - *उसका तब तक अधिक मूल्य नहीं होता, जब तक कि वह गर्म पानी से होकर न गुज़रे।*

विपत्ति की खुराक

मनोवैज्ञानिक जेम्स डॉब्सन के अनुसार संसार में "विपत्ति सिद्धांत" सक्रिय होता है। वे कहते हैं, "हालाँकि यह अजीब लगता है, लेकिन हमेशा सुखद परिस्थितियों में रहना मानव जाति के लिए लाभदायक नहीं होता।" मिसाल के तौर पर, डॉब्सन एक रेन फ़ॉरेस्ट में उगने वाले पेड़

के बारे में बताते हैं। "चूँकि पानी आसानी से उपलब्ध होता है, इसलिए यह अपनी जड़ें सतह से कुछ इंच नीचे ही ले जाता है, क्योंकि इससे अधिक की ज़रूरत ही नहीं होती। परिणाम यह होता है कि यह प्रायः कमज़ोर होता है और छोटी-मोटी आँधी में भी धराशायी हो सकता है। लेकिन रेगिस्तानी पेड़ प्रतिकूल और सूखी ज़मीन पर लगता है, इसलिए पानी की तलाश में इसे अपनी जड़ें तीस फ़ुट या उससे अधिक नीचे तक भेजनी पड़ती हैं। इसी कारण संसार की कोई भी आँधी इसे धराशायी नहीं कर सकती।"

आज जो भी चुनौती आपके चरित्र को मज़बूत बनाती है और आपकी नींव को अधिक गहराई तक धकेलती है, उसका स्वागत करें, उसे लाभदायक मानें।

52

मैं अपनी ग़लतियों से सीखने का वादा करता हूँ

आईबीएम के संस्थापक टॉम वॉटसन के अनुसार उनके एक युवा वाइस प्रेसिडेंट ने एक नया प्रॉडक्ट तैयार किया था। काम बहुत जोखिम भरा था। दुर्भाग्य से, यह बुरी तरह असफल रहा और कंपनी को एक करोड़ डॉलर का घाटा हुआ।

वॉटसन ने उस एक्ज़ीक्यूटिव को अपने ऑफ़िस में तलब किया और कहा, "हमें एक मामले पर बातचीत कर लेनी चाहिए।"

युवा एक्ज़ीक्यूटिव को विश्वास था कि उसे नौकरी से निकाला जाने वाला है और उसके मुँह से निकल गया, "मुझे लगता है, आप मेरा इस्तीफ़ा चाहते हैं?"

"कैसा मज़ाक कर रहे हैं," वॉटसन ने जवाब दिया। "हमने आपको शिक्षित करने के लिए अभी-अभी एक करोड़ डॉलर ख़र्च किए हैं!"

सारांश में, ग़लतियों का अर्थ यह नहीं है कि संसार ख़त्म हो गया। कई मायनों में तो वे ज्ञान की शुरुआत होती हैं।

विकास के लिए भोजन

बहुधा हम किसी छुटपुट शर्मनाक ग़लती को स्थायी स्थिति मानने की भूल कर बैठते हैं। लेकिन एक बहुत बड़ा फ़र्क़ होता है। एक पुर्तगाली सूक्ति है : "लड़खड़ाने गिरना नहीं होता।"

रोनाल्ड रीगन अपनी ग़लतियों को पीछे छोड़ने में माहिर थे। पूर्व राष्ट्रपति ने कहा था, "जब आप कोई ग़लती कर दें, तो इसके बाद यह करें : चोट सहन करें, सबक़ सीखें और फिर आगे बढ़ जाएँ। किसी समस्या के साथ जूझने का यही सबसे स्वस्थ तरीका है।"

अपनी ग़लतियों पर मुस्कुराएँ - वे आपके सीखने के ग्राफ़ का अनिवार्य हिस्सा हैं।

53

अगर ग़लती सचमुच मेरी है, तो मैं स्वीकार करूँगा

"आपने अभी-अभी कोलम्बस की सड़क पीछे छोड़ दी है," मैंने एक मित्र से पूछा, जो मुझे ओहायो स्टेट यूनिवर्सिटी के कैम्पस की ओर ले जा रहा था। यह तब की बात है, जब मैं वहाँ पढ़ता था।

उसने मुझे झिड़कते हुए कहा, "तुम्हें क्या लगता है, मुझे पता नहीं है कि मैं कहाँ जा रहा हूँ?"

मैंने ग्लव कम्पार्टमेंट से नक़्शा बाहर निकाला और उसे बताने की कोशिश की कि हम अपनी मंज़िल से मीलों दूर पहुँचेंगे, लेकिन वह सुनने को तैयार ही नहीं था।

"कोई समस्या नहीं है। हम वहाँ पहुँच जाएँगे," उसने मुझे दोबारा आश्वस्त करने की कोशिश की। मेरा साथी विद्यार्थी यह मानने को तैयार ही नहीं था कि वह रास्ता भटक गया है – तब भी, जब हम लगभग दो घंटे की देरी से कैम्पस में पहुँचे।

दोष मढ़ना

कई लोगों के लिए ये तीन शब्द कहना सबसे मुश्किल होता है : "मैं ग़लत था।" वे ग़लत हैं, यह मानने से बचने के लिए वे बहाने गढ़ लेंगे, दोष मढ़ देंगे या बस चुप्पी साध लेंगे। हम जानते हैं कि प्रायश्चित आत्मा के लिए अच्छा होता है, लेकिन निश्चित रूप से यह अहं के लिए बुरा होता है।

क्या आपको बाइबल में दी गई पथभ्रष्ट बेटे की कहानी याद है? वह अपनी विरासत का हिस्सा लेकर दूसरे देश चला गया, जहाँ उसने सारा पैसा भोग-विलास में उड़ा डाला।

इस बीच वहाँ अकाल पड़ गया और परिस्थितियाँ मुश्किल हो गईं। मजबूरी में उस युवक को सुअरों को खाना खिलाने की नौकरी करनी पड़ी। यह नौकरी उसने इस उम्मीद से की थी कि कुछ बचा हुआ भोजन उसे भी मिल जाएगा। सुअरों के उस घटिया बाड़े में उसे होश आया और उसने माना कि घर छोड़कर उसने बहुत बड़ी ग़लती की थी। उसे यह बात अच्छी तरह मालूम थी कि उसके पिता के घर में सेवकों को भी पर्याप्त से अधिक भोजन नसीब होता था, जबकि यहाँ उसका पेट ख़ाली था।

युवक आख़िरकार सच्चाई के प्रति जाग गया और घर की ओर चल दिया – और आप कहानी का अंत जानते ही होंगे। पिता ने बाँहें फैलाकर उसका स्वागत किया और उसकी इतनी शाही आवभगत की, जितनी किसी राजा की होती है।

कभी भी इतने अहंकारी न बनें कि अपनी ग़लतियाँ ही न मानें।

प्रायश्चित से स्वतंत्रता और मुक्ति दोनों ही मिलती हैं, जो आवश्यक भी हैं और स्फूर्तिदायक भी।

54

मैं अपनी प्रतिभाओं का अधिकतम विकास करूँगा

लॉरेंस किचन विशाल लॉकहीड कॉरपोरेशन के शिखर तक पहुँचने में कामयाब हुए। और वह भी तब, जब उनके पास कॉलेज की डिग्री नहीं थी। उन्होंने यह कैसे किया? दर्जनों वयस्क शिक्षा पाठ्यक्रमों में जाकर - स्थानीय सामुदायिक कॉलेज की नाइट क्लासेस से लेकर कंपनियों द्वारा प्रायोजित प्रशिक्षण सेमिनार्स में हिस्सा लेकर।

जब वे प्रबंधन के मध्यम स्तर पर पहुँच गए, तो उसके बाद तो लोगों को इस बात की परवाह ही नहीं रही कि उनके पास डिग्रियाँ थीं भी या नहीं। किचन ने यह दिखा दिया कि वे किस मिट्टी के बने हैं। उन्होंने निर्विवाद रूप से साबित कर दिया था कि वे काम कर सकते हैं।

हममें से प्रत्येक व्यक्ति को नैसर्गिक योग्यताएँ और गुण दिए गए हैं, जो हमारे जीवन के किसी ख़ास लक्ष्य की ओर पथप्रदर्शन करते हैं। वैसे यह सिर्फ़ शुरुआती बिंदु है; अगला क़दम तो हमें ही उठाना होता है। यह हमारी ज़िम्मेदारी है कि हम अपनी संभावना और क्षमता का विस्तार करें तथा इसे इसकी चरम संभावना तक पहुँचाएँ।

यह खोजें कि आपको क्या करने के लिए बनाया गया है और वह काम कर दें!

अपने पास मौजूद अनूठी प्रतिभा को विकसित करने के लिए आप आज क्या करेंगे?

55

मैं अस्वस्थ भय और चिंता को समाप्त कर दूँगा

"आप किस चीज़ से डरते हैं?" *टाइम्स ऑफ़ लंदन* ने डर संबन्धी एक सर्वे में अपने पाठकों से पूछा। परिणाम चौंकाने वाले थे।

मुझे लगता था कि इंसान को सबसे ज़्यादा डर मृत्यु से लगता होगा, लेकिन यह सातवें स्थान पर था और केवल 19 प्रतिशत ने इसे वोट दिया था।

छठे स्थान पर था बीमारी का डर (19 प्रतिशत), पाँचवें पर गहरे पानी का डर (22 प्रतिशत), चौथे पर आर्थिक विपत्ति का डर (22 प्रतिशत), तीसरे पर कीड़े-मकोड़ों व मकड़ियों का डर (22 प्रतिशत) और दूसरे पर था ऊँचे स्थानों का डर (32 प्रतिशत)।

लोगों को सबसे ज़्यादा डर किस चीज़ से लगता था? यह डर था सार्वजनिक रूप से बोलने का (41 प्रतिशत)। सौभाग्य से अभ्यास और अनुभव से हम इस डर को काफ़ी हद तक कम कर सकते हैं।

आग का घेरा

अनजान से घबराना मानव स्वभाव है। मिसाल के तौर पर, मध्य युग में यूरोप के जहाज़ी दक्षिण दिशा में बहुत दूर तक नहीं जाते थे, क्योंकि उन्हें विश्वास था कि पृथ्वी चारों ओर से आग से घिरी हुई है। उनकी

इस मान्यता का आधार यह था कि वे दक्षिण दिशा में जितनी दूर जाते थे, तापमान उतना ही बढ़ता जाता था।

उस युग की एक पेंटिंग में एक जहाज़ के भूमध्यसागर में पलटने का दृश्य दिखाया गया है, जिस पर लैटिन वाक्यांश *नी प्लस अल्ट्रा* लिखा हुआ है यानी "आगे और कुछ नहीं।"

इस मिथक को चुनौती देने के लिए पॉन्से ड लियॉन और क्रिस्टोफ़र कोलंबस जैसे लोगों की ज़रूरत पड़ी। इसलिए स्वस्थ और अस्वस्थ भय के बीच फ़र्क़ करना सीखें।

तथ्यों और वास्तविकता पर आधारित चिंता अनिवार्य है, क्योंकि इससे हम संभावित ख़तरे से मुक़ाबला करने के लिए तैयार हो जाते हैं। बहरहाल, काल्पनिक भय की वजह से हमारा भावनात्मक संतुलन बिगड़ जाता है।

चिंता के जवाब

आज लाखों लोग चिंता के शिकार हैं। मनोवैज्ञानिकों ने विभिन्न प्रकार के डरों की एक लंबी सूची बना ली है, जिनमें सँकरी जगहों के अनावश्यक भय (क्लॉस्ट्रोफ़ोबिया) से लेकर अकेले रहने का भय (मोनोफ़ोबिया) तक शामिल है।

बाइबल में "डरो मत" वाक्यांश का बहुत इस्तेमाल हुआ है। ईश्वर ने जेकब, जोशुआ, जोसफ़ और कई अन्य लोगों से ये उत्साहवर्धक शब्द कहे थे।

भावनाओं के बजाय प्रार्थना, सकारात्मक आत्म-चर्चा और व्यवहार पर ध्यान केंद्रित करके हम अस्वस्थ चिंता व तनाव पर विजय पा सकते हैं।

जब सहायता उपलब्ध है, तो पंगु बनाने वाले डर के बोझ तले दबने की कोई ज़रूरत नहीं है।

56

मैं कटुता और द्वेष को दफ़ना दूँगा

क्या आप कल्पना कर सकते हैं कि पैंतीस पाउंड की क्षमता वाले किसी टायर में सौ पाउंड हवा भरने पर क्या होगा? ज़ाहिर है, विस्फोट होगा!

यही उन लोगों के साथ होता है, जिनके पास अपनी कटुता और द्वेष के तनाव को मुक्त करने वाला सेफ़्टी वाल्व नहीं होता।

मैं ऐसे कई लोगों से मिला हूँ, जिनकी शत्रुता की कोई सीमा नहीं होती। वे ख़ुद से, अपने आस-पास के लोगों से और आम तौर पर पूरे संसार से रुष्ट होते हैं। वे हर दिन कल्पना करते हैं कि कोई उन्हें आहत कर रहा है, जब तक कि यह अम्ल की तरह उनके हृदय और आत्मा को जलाने नहीं लगता। वे *रिज़ेंटमेंट* (द्वेष) शब्द की परिभाषा को सक्रिय कर देते हैं, जिसका अर्थ होता है "दोबारा महसूस करना।"

भौतिक वास्तविकता

चिकित्सकीय शोध के परिणाम बताते हैं कि लंबी कटुता का स्वास्थ्य पर गहरा असर हो सकता है। यदि नियंत्रित न किया जाए, तो तनाव की ये गहरी भावनाएँ बड़ी भावुक मनोदशा की तरफ़ धकेल सकती हैं।

आंतरिक तनाव के बारे में कहा गया है कि यह प्राकृतिक एंटीबॉडीज़ को कम करता है और इससे संक्रमण की आशंका भी बढ़ती है। हार्ट अटैक, पक्षाघात, कम-ज़्यादा वज़न होने से भी इसका संबन्ध जोड़ा गया है और इससे अवसाद भी उत्पन्न हो सकता है।

द्वेष आम तौर पर एकांगी मार्ग होता है और इसकी वजह से नुक़सान किसी दूसरे को नहीं, हमें ही होता है। जिस व्यक्ति के प्रति हम

द्वेष पाल रहे हैं, हो सकता है कि उसे हमारी भावनाओं का ज्ञान भी न हो।

जो हमारे मन में उबल रहा है, उसे मजबूरी की मुस्कान नहीं छिपा पाएगी। सच्चाई सतह तक पहुँचने का मार्ग खोज ही लेगी।

अपने अतीत के लिए क्षमा माँगें और अनुभव से सीखी बातों को महत्व दें। आप शत्रुता, रोष और संघर्ष से ऊपर उठ सकते हैं।

57

मैं अपनी भावनाओं को जीत लूँगा

मैडिसन ऐवेन्यू के विज्ञापन लिखने वाले काफ़ी समय से यह सच्चाई जानते हैं कि ग्राहक हमेशा गुणवत्ता और भाव के कारण नहीं ख़रीदते हैं। हम तो अपनी प्रबल भावनाओं और जोश जागने पर प्रतिक्रिया करते हैं। हम स्टीक नहीं, हिस-हिस की आवाज़ ख़रीदते हैं।

पत्रिका में छपे विज्ञापनों के कुछ बिक्री वाक्यांशों की ओर देखें :

बेहद ज़ायकेदार।

अप्रत्याशित में आनंदित हों।

इसकी कल्पना ही न करें। इसका आनंद लें!

पुराने ज़माने में लोग पूछते थे, "आप इसके बारे में कैसा सोचते हैं?" अब वे पूछते हैं, "आप इसके बारे में कैसा महसूस करते हैं?"

बहरहाल, भावनाओं से मार्गदर्शन पाना कोई नई प्रवृत्ति नहीं है। हमें शरीर, आत्मा और मन के साथ बनाया गया था, यानी हम ख़ुशी, आनंद, भय, अपराधबोध और दुख महसूस करने में सक्षम हैं।

बाइबल की सबसे संक्षिप्त काव्य-पंक्ति सबसे प्रभावी भी है : "ईसा मसीह रोए।"

प्रभारी बनना

हम बेहद आवेशमय ख़तरनाक स्थिति में कैसे प्रतिक्रिया करते हैं? अधिकतर मामलों में तो "लड़ो या भागो" वाला बुनियादी सिद्धांत ही हमारा मार्गदर्शन करता है, जो हमें अपने पुरखों से विरासत में मिला था - या तो हम डटकर मुक़ाबला करते हैं या भाग खड़े होते हैं।

बहरहाल, अक्सर हमारे चयन अधिक जटिल होते हैं। मुद्दे को सुलझाने के लिए हम मनोविज्ञान, तर्क या राज़ी करने के अन्य साधनों का इस्तेमाल करते हैं।

हमें इस संसार में इसलिए भेजा गया है, ताकि हम पृथ्वी पर और स्वयं पर शासन कर सकें। एक अच्छी तरह संतुलित जीवन जीकर ही हम यह अपेक्षा पूरी कर सकते हैं।

58

मैं अपने क्रोध पर नियंत्रण रखने का वादा करता हूँ

ओहायो में पुरुषों के सम्मेलन में मैंने एक दोहरे शीर्षक "हाउ टु लूज़ यॉर टेंपर" (क्रोधित कैसे हों) वाला सेमिनार दिया।

सत्र के बाद एक आदमी मुझे अकेले में बताने लगा कि उसे जीवन भर क्रोध के दौरे पड़ते रहे हैं, जो अक्सर नियंत्रण के बाहर हो जाते हैं।

उसने स्वीकार किया, "यह बहुत शर्मनाक होता है और इसका असर मेरे परिवार व कारोबार पर पड़ा है।"

उस रात उसने ख़ुद से वादा किया कि वह अपने क्रोध पर शासन करेगा। यह बहुत महत्वपूर्ण पहला क़दम था।

अपनी ऊर्जा को पुनः निर्देशित करें

यदि सही दिशा दे दी जाए, तो हमें अपने आवेश से सकारात्मक परिणाम भी मिल सकते हैं।

कॉलोराडो के परामर्शदाता गैरी ऑलिवर दो उदाहरण देते हैं : "अब्राहम लिंकन दासप्रथा की क्रूरता पर बहुत क्रोधित थे और उन्होंने इस ऊर्जा का उपयोग देश के क़ानून बदलने, दासों को मुक्त करने तथा दास प्रथा को ख़त्म करने में किया। गाँधीजी को देशवासियों की दुर्दशा पर क्रोध आया, उन्होंने इस ऊर्जा का निवेश किया और भारत देश का जन्म हुआ।"

क्या आपने कभी इस बात पर ग़ौर किया है कि जब कोई आपकी तस्वीर खींचता है, तो फ़्लैशबल्ब की रोशनी पल भर के लिए आपको चौंधिया सकती है?

क्रोध भी हम पर काफ़ी कुछ ऐसा ही प्रभाव डालता है। पल भर के लिए यह हमारी तार्किक योग्यताओं को निष्क्रिय करने में कामयाब हो जाता है।

सौभाग्य से हमारा क्रोध शायद ही कभी लंबा चलता है। इसीलिए प्रतिक्रिया में विलंब करना महत्त्वपूर्ण होता है।

यदि आप सावधान न रहे तो आपका क्रोध किसी पहाड़ी से लुढ़कते बर्फ़ के गोले जैसा बन सकता है – ऐसी शक्ति, जिसे आप नियंत्रित नहीं कर सकते। परिणाम तबाही मचा सकते हैं।

यदि आपमें आपा खोने की प्रवृत्ति है, तो होश में आएँ। अपने आवेश के नियंत्रक बनने का दिल से प्रयास करें।

59

मेरी शब्दावली में अपशब्द नहीं होंगे

कुछ समय पहले मैं किसी के घर गया था। वहाँ मैंने एक छोटी बच्ची को अपशब्द बोलते सुना, जिसका मतलब वह स्पष्ट रूप से नहीं समझती थी। अपशब्द सुनने पर उसकी माँ ने उसे ज़रा भी नहीं फटकारा, बल्कि चहकती हुई बोलीं, "वह कितनी आश्चर्यजनक बातें बोलती है।"

इसके बाद मैं यह सोचने पर मजबूर हो गया कि किशोरावस्था में पहुँचने पर उस लड़की की शब्दावली कैसी होगी।

पुराने ज़माने में आपने माता-पिता को यह कहते सुना होगा, "अगर यह शब्द तुमने एक बार और कहा, तो मैं तुम्हारे मुँह पर टेप चिपका दिया जाएगा।" लेकिन अब इस बात को कहना उचित नहीं माना जाता।

अपशब्द सिर्फ़ ख़राब रुचि का परिचायक ही नहीं है; यह तो कमज़ोर शब्दावली की निशानी भी है। कुछ लोगों को जब *ओह* या *आल* कहना होता है, तब वे गाली का इस्तेमाल करने लगते हैं - और अक्सर उन्हें इसकी इतनी आदत पड़ जाती है कि फिर उन्हें वह बात गाली लगती ही नहीं है।

दुखद बात यह है कि हम ऐसे संसार में जीते हैं, जहाँ लोग गंदी भाषा बोलते समय कुछ नहीं सोचते हैं, जिसमें मल-मूत्र से लेकर यौन संबन्धों तक हर चीज़ शामिल होती है।

एक मित्र ने टिप्पणी की थी, "अगर सार्वजनिक रूप से सिगरेट पीने के ख़िलाफ़ क़ानून बनाया जाता है, तो गाली देने के बारे में भी ऐसा ही करना चाहिए।"

कहा गया है कि गाली कमज़ोर लोगों द्वारा शक्तिशाली शब्दों का इस्तेमाल है। वास्तव में, आपको जितना अनुमान होता है, आपकी भाषा

आपके बारे में उससे अधिक बयान करती है। जो व्यक्ति लगातार गाली देता है, उसकी छवि ऐसी बन सकती है कि वह विचारहीन और दूसरों के प्रति असंवेदनशील है।

स्त्रोत रचेता डेविड के शब्दों को पढ़ने का समय निकालें। उन्होंने लिखा था, "मैं अपने तौर-तरीक़ों पर निगाह रखूँगा और अपनी जीभ को पाप से मुक्त रखूँगा। जब तक मेरे आस-पास बुरे लोग रहेंगे, मैं अपना मुँह बंद रखूँगा।"

क़सम खाएँ कि आपके शब्द गंदे नहीं, बल्कि साफ़-सुथरे रहेंगे। इस बात का इंतज़ार न करें कि कोई दूसरा आपको जीभ पर लगाम कसने को कहे - यह निर्णय स्वयं ले लें।

60

मैं अफ़वाहें नहीं फैलाऊँगा

एक महिला चौदह साल से एक बैंक में भुगतान काउंटर पर काम कर रही थी। अचानक उसके सहकर्मी उससे कतराने लगे और उसे इसका कारण समझ नहीं आया। वे कॉफ़ी ब्रेक में उससे दूर-दूर रहते थे और लंच में भी उसे अपने साथ बैठने के लिए आमंत्रित नहीं करते थे।

उसके साथी कर्मचारी आपस में फुसफुसाते थे, "क्या उसने सचमुच ऐसा किया है?"

कुछ दिनों बाद बैंक के प्रेसिडेंट ने उस महिला को अपने चैंबर में बुलाकर कहा, "कई हज़ार रुपए की नक़दी का हिसाब नहीं मिल रहा है और हमारा मानना है कि इसके लिए आप ज़िम्मेदार हैं।"

"यह बकवास है!" उसने जवाब दिया। "मैं ऐसा काम कभी नहीं करूँगी।"

उसे तत्काल छुट्टी पर भेज दिया गया। नमक-मिर्च लगाकर अतिरिक्त चटपटी बनी अफ़वाहें आस-पड़ोस में, उसके चर्च में और यहाँ तक कि उसके बच्चों के स्कूल में भी फैलने लगीं।

चार महीने बाद जब फ़ेडरल बैंक के जाँच दल ने जाँच पूरी कर ली, तो बैंक के चीफ़ अकाउंटेंट को धोखाधड़ी के आरोप में गिरफ़्तार किया गया और सार्वजनिक मुकदमा चलाकर दोषी क़रार दिया गया।

उस बेग़ुनाह महिला बैंककर्मी का क्या हुआ? झूठे आरोप ने उसके जीवन को इतना ज़्यादा प्रभावित कर दिया कि उसने शहर बदलकर दोबारा शुरुआत करने का निर्णय लिया।

नेपोलियन ने सही जगह पर कील ठोंकते हुए कहा था : "किसी आदमी की हत्या के चार तरीक़े हैं : पिस्तौल से, तलवार से, ज़हर से या नैतिक हत्या से। उन सभी के परिणाम समान होते हैं, बस आख़िरी वाला अधिक क्रूर तरीक़ा है।"

अफ़वाह का ख़तरा

हमारा न्याय तंत्र इस अवधारणा पर आधारित है कि जब तक अपराध साबित न हो जाए, तब तक हम बेग़ुनाह होते हैं। बहरहाल, वास्तविकता में यह प्रक्रिया उल्टी होती है। एक छोटी सी अफ़वाह किसी व्यक्ति की प्रतिष्ठा को हमेशा-हमेशा के लिए बर्बाद कर सकती है।

अफ़वाह को "छोटा पाप" माना जाता है, लेकिन इसकी वजह से तबाही मच सकती है - परिवार टूट सकते हैं और समुदायों में फूट पड़ सकती है।

बेबुनियाद अफ़वाहें न फैलाने का संकल्प लें। बहुत ज़्यादा चीज़ें दाँव पर लगी होती हैं।

61

मैं अपनी नकारात्मक आदतों को हराने का वादा करता हूँ

"हानिकारक व्यवहार" इन शब्दों को सुनने पर आपके दिमाग़ में क्या आता है? क्या आप उन लोगों के बारे में सोचते हैं, जो शराब, नशीली दवाओं या तंबाखू पर निर्भर होने के मनोवैज्ञानिक और रासायनिक जाल में फँसे हैं? क्या आप उन लोगों के बारे में सोचते हैं, जो एनोरेक्सिया (भोजन न करने की बीमारी) या बुलिमिया (अधिक खाने की मानसिक बीमारी) से जूझते हैं? या वे पुरुष या स्त्री, जो जुए की लत से जूझते हैं?

अपमानित होने वाले फ़िल्म स्टार्स, खिलाड़ियों या नेताओं पर मीडिया तुरंत ध्यान केंद्रित कर लेता है। दुखद बात यह है कि अपराधियों की सूची काफ़ी लंबी होती है। मैं ऐसे लोगों से मिला हूँ, जो कंप्यूटर गेम्स, आदर्शवाद, धार्मिक विधान, यहाँ तक कि रैप म्यूज़िक के लती होते हैं!

जो भी गतिविधि आपके जीवन पर हावी हो जाती है, उसकी सावधानी से जाँच करने की ज़रूरत है।

विभाजन कर लें

किसी नकारात्मक आदत के भयानक परिणाम हो सकते हैं - नौकरी चले जाना, भयानक दुर्घटना या गंभीर बीमारी। आत्म-नियंत्रण इसलिए ज़रूरी है, क्योंकि इसके बिना हमारा जीवन वाक़ई बिखर सकता है।

ऐल्कोहॉलिक्स एनॉनिमस के बारह चरणों जैसी योजना की मदद से करोड़ों लोग नशे की लत छोड़ने में कामयाब हुए हैं। यही सिद्धांत उन लोगों की मदद कर सकते हैं, जो आदतन ज़्यादा खाने, ज़्यादा ख़रीदारी

करने, यौन संबन्धों के जुनून और विभिन्न प्रकार की सनक व आदतों के जाल में फँसे होते हैं।

संक्षेप में, ये छह घोषणाएँ किसी भी नकारात्मक आदत को ख़त्म करने की कुंजी हैं :

1. मैं स्वीकार करता हूँ कि मुझे एक समस्या है।
2. मैं परिवर्तन करना चाहता हूँ।
3. मैं मदद की तलाश करूँगा।
4. मैं अपने टूटे संबन्धों को सुधारना चाहता हूँ।
5. मैं अपनी प्रगति की निगरानी करूँगा।
6. मैं ईश्वर की सहायता और मार्गदर्शन के लिए निरंतर प्रार्थना करूँगा।

62

मैं आशावादी नज़रिया विकसित करूँगा

हालाँकि यह मूर्खतापूर्ण लग सकता है, लेकिन बरसों तक ओक्लाहोमा शहर के एक व्यक्ति की मनोदशा मौसम के हिसाब से तय होती थी। बादलों और बारिश का मौसम होने पर वह निराश रहता था, लेकिन जब सूरज चमकता और आसमान नीला होता, तो वह संसार के शिखर पर होता था।

आख़िरकार, उसने अपने नज़रिए की बागडोर थामने का निर्णय लिया। चाहे बारिश हो या धूप, उसने सुबह जल्दी उठकर खिड़की के बाहर देखने और यह कहने की आदत डाली, “यह वैसा ही दिन है, जैसा मुझे चाहिए था!”

आपका नज़रिया क्या है?

निराशावादी को एक ऐसे व्यक्ति के रूप में परिभाषित किया गया है, "जो अच्छा महसूस करते समय बुरा महसूस करता है, क्योंकि उसे डर होता है कि बाद में वह बुरा महसूस करेगा।"

शायद आप इसी वक़्त पाँच-दस लोगों के नाम गिना सकते होंगे, जो निराशा और उदासी के उस्ताद हैं। यदि उन्हें चाँदी की थाली में कोई सुनहरा अवसर थमा दिया जाए, तो वे शिकायत करेंगे कि सोना चमक खो देगा और चाँदी मलिन हो जाएगी।

क्या इस तरह के व्यक्ति बदल सकते हैं? क्या उनकी भौंहों से झुर्रियाँ मिटाई जा सकती हैं?

नकारात्मक अपेक्षाएँ आपकी क्षमता को बुरी तरह सीमित करती हैं। जॉन मैक्सवेल के लीडरशिप सेमिनार्स ने हज़ारों लोगों पर सकारात्मक प्रभाव डाला है और वे कहते हैं, "जब हम अनुमानित सत्य के आदी हो जाते हैं और नई संभावनाओं के प्रति अपना दिमाग़ बंद कर लेते हैं, तो यह होता है : हम वही देखते हैं, जिसे देखने की *उम्मीद* करते हैं; वह नहीं देखते, जो हम देख *सकते* हैं। हम वही सुनते हैं, जो हम सुनने की *उम्मीद* करते हैं; वह नहीं सुनते, जो हम सुन *सकते* हैं। हम वही सोचते हैं, जो हम सोचने की *उम्मीद* करते हैं; वह नहीं सोचते, जो हम सोच *सकते* हैं।"

हम आश्चर्य और आशावाद की भावना के साथ पैदा हुए थे। परिस्थितियाँ सुखद हों या दुखद, कभी भी बाहरी शक्तियों से इन्हें नष्ट न होने दें।

63

मैं जितना भौंहें तानता हूँ, उससे ज़्यादा मुस्कुराऊँगा

कैंसास सिटी में कई लोग अब भी विक पियर्स का ज़िक्र करते हैं, जिसने तीस साल से अधिक समय तक सिटी बस चलाई। सवारियाँ इसे "हैपी बस" कहती थीं।

उस बस के यात्री हँसते थे, पुस्तकों और रेसिपीज़ का (यहाँ तक कि क्रिसमस कुकीज़ का भी) आदान-प्रदान करते थे। इसका बस से कोई संबन्ध नहीं था, लेकिन ड्राइवर से बड़ा गहरा संबन्ध था।

रिटायर होने तक विक चौड़ी मुस्कान के साथ हर यात्री का स्वागत करता था, दिल से "गुड मॉर्निंग" कहता था और सबसे संकोची इंसान को भी बस में चढ़ने के लिए प्रोत्साहित करता था। पियर्स ने कहा, "जिस तरह का बर्ताव मैं अपने साथ चाहता था, वैसा ही व्यवहार मैं दूसरों के साथ करता था।"

अवरोधों को तोड़ना

लोग मुझसे पूछते हैं, "नील, आप इतना ज़्यादा क्यों मुस्कुराते हैं?"

मैंने मज़ाक में एक आदमी को बताया था, "देखिए, ईश्वर ने मेरा ऊपरी होंठ छोटा बनाया है।" लेकिन मेरे मुस्कुराने की असल वजह बस इतनी है कि मैं ख़ुश हूँ - यह इतना ही सरल है। साथ ही, मैंने काफ़ी पहले यह समझ लिया था कि जब मैं मुस्कुराता हूँ, तो बदले में लोग भी मुस्कुराते हैं।

यात्राओं में प्रसन्नचित्त चेहरा हज़ार शब्दों के बराबर मूल्यवान होता है, ख़ास तौर पर उन देशों में, जहाँ अँग्रेज़ी नहीं बोली जाती है।

एक बार मैं पश्चिम अफ़्रीका के एक गाँव में फ़ोटो ले रहा था। वहाँ के युवक इस बात पर बहुत ग़ुस्सा हो गए। वे ख़तरनाक अंदाज़ में घूरते हुए मेरे पास आए और अपरिचित भाषा में खूँख़ार ढंग से कुछ बोलने लगे।

भागने के बजाय मैंने तुरंत कैमरा नीचे रखा, गाँव के स्टोर की सीढ़ियों पर बैठ गया और अपनी सबसे चौड़ी मुस्कान दी। फिर मैंने वे फ़ोटो निकाले, जिन्हें मैंने कुछ समय पहले डेवलप किया था और उन्हें दिखाया कि मैं क्या कर रहा था।

उन्हें न सिर्फ़ फ़ोटो अच्छे लगे, बल्कि वे मुस्कुराकर अपने चेहरों की तरफ़ इशारा करने लगे, मानो कह रहे हों, "क्या आप मेरा भी फ़ोटो लेंगे?" ज़ाहिर है, मैंने उनके भी फ़ोटो लिए।

संगीत समारोहों में प्रदर्शन करने वाले विक्टर बोर्ज ने कहा है, "मुस्कान दो लोगों के बीच की सबसे संक्षिप्त दूरी है।"

चूँकि मुस्कुराने में छब्बीस मांसपेशियाँ लगती हैं और त्योरी चढ़ाने में बासठ, तो क्यों न आसान काम करें?

आराम से रहें - मुस्कुराएँ।

64

मैं हर दिन का सामना उत्साह से करूँगा

एक इमारत बनने का काम चल रहा था। आठ साल का एक लड़का चलकर ठेकेदार के पास गया, जो मज़दूरों द्वारा बनाए जा रहे ऊँचे ऑफ़िस टॉवर का निरीक्षण कर रहा था। उस लड़के ने कहा, "सुनिए, बड़े होकर मैं आपके जितना महत्वपूर्ण कैसे बन सकता हूँ?"

सफ़ेद बालों वाला आदमी पहले तो मुस्कुराया और फिर बोला,

"यह बहुत आसान है, बेटा। एक लाल शर्ट ख़रीदो और दीवानों की तरह मेहनत करो!"

फिर ऊँची इमारत के उस दौलतमंद निर्माता ने नई इमारत के ढाँचे की ओर इशारा किया। "क्या तुम्हें वहाँ वे लोग नज़र आते हैं?"

"हाँ," लड़के ने जवाब दिया, जब उसने ऊपर देखते हुए आँखें सिकोड़ीं।

"लाल शर्ट वाला आदमी दिख रहा है?" ठेकेदार ने उससे पूछा।

"मैं उसका नाम तो नहीं जानता, लेकिन मैं देख रहा हूँ कि वह बहुत कड़ी मेहनत करता है। किसी दिन मुझे एक नए सुपरिंटेंडेंट की ज़रूरत पड़ेगी और मैं इस आदमी के पास जाकर कहूँगा, 'सुनो, लाल शर्ट वाले, यहाँ आओ!' वही है, जिसे यह अवसर मिलेगा।"

अगर हम हर अवसर को उत्साहपूर्वक जकड़ लें, तो कोई न कोई निश्चित रूप से ग़ौर करेगा।

प्रकाशक मैल्कम फ़ोर्ब्स सलाह देते हैं, "जो लोग कभी जोश में नहीं आते हैं, उन्हें आना चाहिए।" उन्होंने आगे कहा, "अगर आप किसी लक्ष्य तक पहुँचने या न पहुँचने के बारे में चीख़-पुकार मचा रहे हैं, हाथ-पैर पटक रहे हैं, तो इससे कम से कम हमें यह तो पता चल जाएगा कि आप ज़िंदा हैं।"

अपनी आस्था में चिंगारी भरने से न घबराएँ – भले ही कुछ लोग आपको कट्टरपंथी कहें।

छोटा सा फ़र्क़

उत्साह की वजह से स्वाभाविक रूप से जो "थोड़ा अतिरिक्त" परिणाम आता है, वही औसत और उत्कृष्ट प्रदर्शन के बीच का फ़र्क़ होता है।

अक्सर यह छोटा सा फ़र्क़ ही मायने रखता है। मिसाल के तौर पर, अपने प्रतिस्पर्धियों की तुलना में कुछ सेकेंड ज़्यादा तेज़ चलने वाली रेस कार का मूल्य दोगुना हो सकता है। यह न भूलें कि ओलिम्पिक्स में

गोल्ड मेडल जीतने वाली जिमनास्ट दूसरे स्थान पर आने वाली प्रतिस्पर्धी से एकाध पॉइंट ही बेहतर होती है।

जो भी करें, जोश और उत्साह के साथ करें। आपको एक रोमांचक और जीवंत संसार में भेजा गया है। आपके जीवन में यह बात झलकनी भी चाहिए।

65

मैं व्यक्तिगत संवाद कुशलता बढ़ाऊँगा

चूँकि आपके पास सार्थक संदेश है, इसलिए क्यों न अपने शाब्दिक कौशल को पैना करें? हम हमेशा कहना तो सही बात चाहते हैं, लेकिन कई बार उसकी ग़लत व्याख्या की गुंजाइश रह जाती है।

- लॉयन्स क्लब में एक वक्ता को भाषण देना था। भाषण से ठीक पहले कार्यक्रम के संचालक ने वक्ता से पूछा, "हम श्रोताओं को थोड़ी देर तक और आनंद लेने दें या फिर आपका भाषण शुरू करवा दें?"
- एक पाठक ने लिखा, "अपनी पुस्तक की प्रति भेजने के लिए धन्यवाद। मैं इसे पढ़ने में ज़रा भी समय बर्बाद नहीं करूँगा।"

एक, दो, तीन

यहाँ पर भाषण कला को निखारने के तीन नियम बताए जा रहे हैं :

1. सरल, स्पष्ट शब्दों का इस्तेमाल करें

नेशनल काउंसिल ऑफ़ टीचर्स ऑफ़ इंग्लिश एक वार्षिक "डबलस्पीक"

पुरस्कार देती है। पेंटागन युद्ध को "हिंसक घटना" कहता है और शांति को "स्थायी शत्रुता-पूर्व की स्थिति।"

2. सीधे मुद्दे की बात बोलें

लिंकन ने गेटिसबर्ग भाषण में सिर्फ़ 267 शब्दों का इस्तेमाल किया था। ईश्वर की प्रार्थना में केवल 66 शब्द हैं। दूसरी ओर, संतरों के दाम संबन्धी अमेरिकी आदेश में 28,561 शब्द हैं!

3. अपने संवाद को व्यक्तिगत रखें

एक सेल्समैन ने एक ग्राहक को फ़ोन किया और सेक्रेटरी ने तपाक से कहा, "211-8412"

"क्या मैं मिस्टर टेलर से बात कर सकता हूँ?" उस आदमी ने थोड़ा चिढ़ते हुए कहा।

"उन्हें मैं क्या नाम बताऊँ?" सेक्रेटरी ने जवाब दिया।

"819-3595," सेल्समैन ने ईंट का जवाब पत्थर से देते हुए कहा।

पारस्परिक योग्यताओं, सार्वजनिक संभाषण या शब्दावली निर्माण का कोई संक्षिप्त कोर्स करें। सीखने की कोई उम्र नहीं होती।

66

मैं शिष्टाचार का प्रदर्शन करूँगा

हाथ मिलाना एक स्वाभाविक दोस्ताना तरीक़ा है। बहरहाल, यह परंपरा मध्य युग में शुरू हुई थी। जब दो लोग मिलते थे, तो वे अपना दायाँ हाथ आगे बढ़ा देते थे। हाथ मिलाने से यह पता चलता था कि वे अपनी तलवार का प्रयोग करने का इरादा नहीं रखते हैं। यह शिष्टाचार और सद्भावना का प्रदर्शन था।

कई लोगों के लिए विनम्रता एक खोई हुई कला बन चुकी है। किसी ने टिप्पणी की थी, "मुझे आपका नाम याद नहीं है, लेकिन शिष्टाचार याद है।"

सम्मान का मामला

शिष्टाचार केवल यह जानने तक ही सीमित नहीं है कि सही परिचय कैसे देना है या किसी औपचारिक दावत में छुरी-काँटे का इस्तेमाल कैसे करना है। शिष्टाचार ईमानदारी, निष्पक्षता, परवाह, जवाबदेही और यहाँ तक कि वादे निभाने के आपके बुनियादी मूल्यों को प्रतिबिंबित करता है।

चार्ल्स और एलिज़ाबेथ ऐन विंटर्स एक राष्ट्रीय शिष्टाचार योजना चलाते हैं, जिसके तहत हज़ारों युवाओं को प्रशिक्षित किया जाता है। उनका मानना है, "अच्छे शिष्टाचार का अर्थ यह है कि हम दूसरों के साथ सम्मान, गरिमा और इज्ज़त से पेश आएँ।"

सही व्यवहार के सैकड़ों नियम हैं, लेकिन इस सवाल पर आपकी प्रतिक्रिया लगभग सभी के मूल में है : क्या मैं दूसरों के बारे में ख़ुद से ज़्यादा सोचता हूँ?

आइए एक उदाहरण पर ग़ौर करते हैं। यदि आप किसी मेज़बान महिला को डिनर के लिए धन्यवाद पत्र भेजते हैं, तो इनमें से किस वाक्य से आपके दोबारा आमंत्रित किए जाने की संभावना बनती है? "मेरा समय बहुत अच्छा गुज़रा!" या "आप बेहतरीन मेज़बान हैं!"

मैं सोचता हूँ कि जवाब आपको मालूम ही होगा।

छोटी-छोटी कुंजियाँ

कई वयस्कों को वह कविता याद करने की ज़रूरत है, जो पहले ग्रेड में पढ़ाई जाती है :

हृदय दरवाज़ों की तरह खुल जाएँगे,
आसानी से, बहुत छोटी-छोटी कुंजियों से।

और इनमें से दो को कभी न भूलें,
"आपको धन्यवाद" और "कृपया।"

आपकी स्थिति क्या है? क्या आप किसी अपरिचित के लिए द्वार खोलते हैं और दूसरों को लिफ़्ट में पहले चढ़ने या उतरने देते हैं?

याद रखें : पहली छाप छोड़ने का दूसरा मौक़ा नहीं मिलता है।

67

मैं अपने समय का कुशल प्रबंधन करूँगा

एक रोज़गार अधिकारी ने एक आवेदक से पूछा, "आपने पिछली नौकरी क्यों छोड़ी?"

आवेदक ने जवाब दिया, "वहाँ वे लोग ज़ोर दे रहे थे कि सभी कर्मचारी सुबह 8.45 बजे काम पर आएँ और ऐसी कठोर परिस्थितियों में मैं काम नहीं कर सकता था।"

कहने की कोई ज़रूरत नहीं कि उसे नौकरी पर नहीं रखा गया।

घड़ी कई लोगों के लिए सबसे बड़ी चुनौती होती है। एक फ़ूड डिस्ट्रिब्यूशन कंपनी का जूनियर एक्ज़ीक्यूटिव मार्केटिंग प्लान बनाने में माहिर था और अपने स्टाफ़ के साथ उसका बेहतरीन तालमेल था। लेकिन उसे कई बार प्रमोशन सिर्फ़ इसलिए नहीं दिया गया, क्योंकि उसमें समय का प्रबंधन करने की योग्यता नहीं थी। उसके बॉस की शिकायत थी, "उसके फ़ोन कॉल आम कर्मचारी से कम से कम चार गुना अधिक लंबे होते हैं।"

सभी घंटे समान होते हैं

हमारा संसार बेहतरीन विरोधाभासों से भरा हुआ है। बहरहाल, एक क्षेत्र में हम सभी समान होते हैं। टैक्सस के नामी रिटेलर स्टैनली मार्कस से एक बार पूछा गया कि बेहद सफल लोगों में साझी बात कौन सी होती है। उनका जवाब था, "उन सभी के पास दिन में चौबीस घंटे होते हैं।"

संसार लगभग सभी दिशाओं में फैल चुका है, लेकिन सभी को हर दिन अब भी उतने ही घंटों का राशन मिलता है। फ़र्क़ इस बात से पड़ता है कि आप उनका इस्तेमाल कैसे करते हैं।

गति बनाए रखना

एक मिनट के मूल्य को समझने के लिए अपने अकाउंटेंट या वकील से सलाह लेकर देखें। जिस पल आप सलाह के लिए फ़ोन करेंगे, वह उसे अपने टाइम लॉग में लिख लेगा और आपको उसका बिल भेज देगा।

हम डेनवर के एक डिपार्टमेंट स्टोर के क्लर्क से सबक़ सीख सकते हैं। उसने कहा था, "पहले मैं घड़ी देखने में अपना समय बर्बाद करता था। फिर एक दिन मुझे समझ में आया कि घड़ी की सुइयाँ एक स्थिर गति से बढ़ती रहती हैं। मुझे लगा कि अगर उनकी बराबरी करना है, तो बेहतर होगा कि मैं भी बढ़ना शुरू कर दूँ!"

मिनट गिनने के बजाय उन्हें महत्वपूर्ण बनाएँ।

68

मैं टालमटोल को समाप्त कर दूँगा

नॉर्थ डकोटा में मैंने हंसों के बारे में सुना, जो आने वाली ठंड से बचने के लिए दक्षिण दिशा की तरफ़ उड़ रहे थे। वे एक किसान के खेत में उतरे और उन्होंने मकई खाकर अपना पेट भर लिया। अगली सुबह सूर्य उगते समय वे आगे उड़ गए।

बहरहाल, एक हंस ने वहीं रुकने का फ़ैसला किया। उसने कहा, "यहाँ की मकई काफ़ी स्वादिष्ट है। मैं एक दिन और रुक जाता हूँ। मेरे दोस्त जहाँ जा रहे हैं, हो सकता है वहाँ खाने को कुछ न मिले।"

अगली सुबह और उसके अगले दिन भी वह उड़ने के निर्णय को टालता रहा। यह सिलसिला चलता रहा। वह टालमटोल करते हुए बार-बार कहता रहा, "कल मैं दक्षिण की ओर उड़ूँगा।"

कुछ ही समय में जाड़े की हवाएँ इतनी तेज़ हो गईं कि अब इंतज़ार करने का मतलब मौत था। हंस ने अपने पंख फैलाए, खेत के ऊपर चक्कर लगाया और हवा में उड़ने के लिए पर्याप्त गति पकड़ने की कोशिश की। दुखद बात यह थी कि उसने ज़रूरत से ज़्यादा इंतज़ार कर लिया था। वह इतना मोटा हो गया था कि उड़ ही नहीं सकता था!

पाँच क़दमों की सरल योजना

आत्म-अनुशासन ही "सफल" और "असफल" व्यक्ति के बीच का सबसे बड़ा फ़र्क़ है। लेखक जॉन अर्स्किइन कहते हैं, "सबसे सरल शब्दों में, लीडर वह होता है जो जानता है कि वह कहाँ जाना चाहता है, फिर वह उठता है और उस दिशा में चल देता है।"

आप टालमटोल की बेड़ियों को कैसे तोड़ सकते हैं? इस काम में

सहायता करने वाले पाँच क़दम ये हैं :

1. **एक अल्पकालीन रणनीति बनाएँ**

   ख़ुद से पूछें, अगले पाँच मिनटों में मैं क्या कर सकता हूँ?

2. **इसे–खुद–करें की नीति का इस्तेमाल करें**

   मदद का इंतज़ार न करें। जैसा चार्ल्स द गॉल ने कहा था, "विचार-विमर्श कई लोगों द्वारा किया जाने वाला काम है। कर्म सिर्फ़ एक व्यक्ति द्वारा किया जाता है।"

3. **जिस काम से भय लगता है, उसका समय तय कर दें।**

   ऐसे काम को अपने कैलेंडर में इस संकल्प के साथ लिखें कि आप उसे निश्चित रूप से, हर हाल में करेंगे, चाहे जो हो जाए!

4. **ग़लतियों की चिंता न पालें।**

   त्वरित कर्म बेदाग़ प्रदर्शन से कहीं अधिक महत्वपूर्ण होता है।

5. **सोचना छोड़ दें और कर्म करना शुरू करें।**

   जब सिकंदर महान से पूछा गया कि उन्होंने संसार को कैसे जीता, तो उनका जवाब था, "देर न करके।"

सोचें कि आपको किन बाधाओं से उबरने की ज़रूरत है और इसके बाद पहली छलाँग लगा दें।

69

मैं बहाने बनाना छोड़ दूँगा

जब जॉर्ज वॉशिंगटन सन् 1776 में क्रिसमस के दिन एक छोटी सी नाव में लगभग जमी हुई डेलावेयर नदी के पार पहुँचे, तो उनके पास पीछे लौटने के बहुत से बहाने थे। ठंड भीषण थी। उन्हें बर्फ़ तोड़कर आगे बढ़ना था - और आगे की तरफ़ दुश्मन इंतज़ार कर रहा था।

बहरहाल, वॉशिंगटन ने बाधाओं को नज़रअंदाज़ कर दिया। यह क्रांतिकारी युद्ध था और उन्होंने स्वाधीनता की घोषणा की रक्षा करने का संकल्प लिया था।

अगले दिन उनकी सेना ने ट्रेंटन में बड़ी विजय हासिल की।

टूटे तार

जब परिस्थितियाँ गड़बड़ा जाएँ, तो यह बहाने बनाने का समय नहीं होता। यह तो उपलब्धि का समय होता है।

प्रतिभाशाली वायलिन वादक पैगानीनी एक संगीत समारोह दे रहे थे, तभी वायलिन का एक तार टूट गया और झूलने लगा। इसके बावजूद वे बजाते रहे, लेकिन कुछ समय बाद दूसरा तार टूट गया और फिर तीसरा।

संगीत बजाना बंद करने के बजाय उन्होंने अपना वायलिन ऊपर उठाया और घोषणा की, "एक तार और पैगानीनी!"

फिर उन्होंने वाद्ययंत्र को अपनी ठुड्डी के नीचे रखा और इतना भव्य संगीत निकाला कि श्रोताओं ने खड़े होकर करतल ध्वनि से उन्हें बधाई दी।

वायलिन वादक ने कोई बहाना नहीं बनाया। उनके पास जो था, उसी से उन्होंने अपना सर्वश्रेष्ठ प्रदर्शन किया।

70

भौतिकता मेरी प्रेरक शक्ति नहीं होगी

"आप अपने रिटायरमेंट का आनंद कैसे ले रहे हैं?" मैंने एक दंपति से पूछा, जो हाल में साउथ कैरोलिना में रहने आए थे। इस बात का जवाब पत्नी ने दिया।

उसने तपाक से कहा, "ओह, मेरे साथ तो ये बहुत कम समय रहते हैं। सुबह नाश्ते से पहले ये *द वॉल स्ट्रीट जर्नल* के पन्नों में खोए रहते हैं। फिर दोपहर में ये स्टॉक ब्रोकर के ऑफ़िस चले जाते हैं। शाम को ये फ़ाइनैंशियल चैनल देखते हैं, जिसके लिए हमें एक और टेलीविज़न सेट ख़रीदना पड़ा।" उसने अंत में कहा, "इनके मन में तो अपने धन को बढ़ाते चले जाने की धुन सवार हो गई है।"

पैसे अनिवार्य हैं, लेकिन उन्हें कभी भी उस पूँछ की तरह नहीं होना चाहिए, जो कुत्ते को उसकी दिशा में चलने के लिए प्रेरित करे। नॉर्वे के नाटककार हेनरिक इब्सन के शब्दों में, "सोने की बुनियाद पर अपने जीवन का निर्माण करना रेत की बुनियाद पर घर बनाने जैसा है।"

दीवारें खड़ी करना

हर कहीं लोग संसार को अपनी व्यक्तिगत संपत्ति मानते हैं। हेनरी डेविड थोरो ने अपने जर्नल में लिखा था, "मुझे अपनी खिड़की से यह देखकर मज़ा आ जाता है कि इंसान ने कितने प्रयास द्वारा दीवार बनाकर अपनी सल्तनत को बाँट दिया है। ईश्वर ज़मीन पर यहाँ-वहाँ लगी इन छोटी-छोटी दीवारों को देखकर मुस्कुराता ज़रूर होगा।"

हम रखवाले हैं

हर बड़े परोपकारी फ़ाउंडेशन में ट्रस्टी होते हैं, जिन्हें आर्थिक मामलों की देखभाल के लिए चुना जाता है। आप और मैं भी ट्रस्टी हैं। ईश्वर ने जो संसार बनाया है, वह हमें "विश्वास के साथ" दिया गया है। हम उसकी ओर से इसकी देखभाल कर रहे हैं। हम मालिक नहीं हैं, सिर्फ़ रखवाले हैं - ईश्वर की दौलत के रखवाले।

कोई चीज़ है, जो आपकी दीवार पर टँगी महँगी मौलिक पेंटिंग्स या आपके लॉकर में रखे बेशक़ीमती रत्नों से कहीं अधिक महत्वपूर्ण है। दूसरों के जीवन में सुख पहुँचाने को अपनी महत्वाकांक्षा की प्रेरक शक्ति बनाएँ। इससे आप अमीर बन जाएँगे - भले ही आपके पास कितनी भी संपत्ति हो।

71

मैं अहंकार को अलविदा कहूँगा

एक युवा वकील ने वकालत की पढ़ाई पूरी करने के बाद सैन फ्रांसिस्को के दक्षिण में अपनी वकालत शुरू की। ऑफ़िस खोलने के पहले ही दिन एक आदमी दरवाज़े से भीतर आया।

अच्छी छाप छोड़ने के लिए वकील ने फ़ोन उठाया और महत्वपूर्ण होने का नाटक करने लगा। "हाँ, हम वे बयान सुबह ले लेंगे। हर चीज़ सही हो रही है। आज मुझे अदालती काम मिल गया है।"

फिर अपना हाथ रिसीवर पर रखकर वह उस व्यक्ति से मुख़ातिब हुआ, जिसे वह संभावित ग्राहक मान रहा था। उसने कहा, "गुड मॉर्निंग। मैं आपकी क्या मदद कर सकता हूँ?"

"आप मेरी कोई मदद नहीं कर सकते। मैं फ़ोन कंपनी से आया

हूँ। मुझे आपके फ़ोन के तार जोड़ने के लिए भेजा गया है।"

पानी की बाल्टी

ऐसे पल भी होते हैं, जब हममें से प्रत्येक विनम्रता की थोड़ी भारी ख़ुराक का इस्तेमाल कर सकता है। बेस्टसेलिंग प्रेरणा लेखक ऑग मैन्डिनो कहते हैं, "अगली बार जब आपका मन डींगें मारने के लिए ललचाए, तो बस अपनी मुट्ठी को पानी से लबालब भरी बाल्टी में डाल दें। फिर अपने महत्व का सही अंदाज़ा लगाने के लिए यह देखें कि आपकी मुट्ठी हटने के बाद वहाँ कितना बड़ा छेद रह गया है।"

अपनी उपलब्धियों को स्वयं बोलने देना कहीं बेहतर तरीक़ा है। जैसी विल रॉजर्स की सलाह थी, "किसी दूसरे को अपना बिगुल बजाने दें; इससे आवाज़ दो गुना दूर तक पहुँचेगी।"

मेरे बारे में काफ़ी हो गया!

मुझे विश्वास है कि आपके आस-पास कोई ऐसा व्यक्ति होगा, जो हमेशा अपने ही बारे में लगातार बोलता रहता होगा। मैंने एक रिकॉर्डिंग आर्टिस्ट की कहानी सुनी थी, जो एक मित्र के साथ डिनर ले रहा था। एक घंटे से ज़्यादा समय तक वह बखान करता रहा कि लोग उसके नए एलबम के बारे में क्या कह रहे हैं। डिनर के अंत में वह बोला, "अब मेरे बारे में काफ़ी बातें हो गईं। अब आपके बारे में बात करते हैं। आप मेरे नए एलबम के बारे में क्या सोचते हैं?"

हर एक को सफल होने के लिए थोड़े-बहुत आत्मविश्वास की ज़रूरत होती है, लेकिन उस विश्वास को अहंकार में बदलने से रोकने के लिए यह संकल्प लें कि आप ख़ुद को नहीं, दूसरों को ऊपर रखेंगे।

72

मैं पढ़ने की योजना बनाऊँगा

मशहूर फ्रांसीसी लेखक बाल्ज़ाक ने एक शाम मित्रों के साथ बिताई। निरर्थक बातचीत के बाद जब वे घर लौटे, तो सीधे अपने स्टडी रूम में गए। उन्होंने अपना कोट उतारा, हाथ मले और शेल्फ़ पर पुराने दिग्गज साहित्यकारों की पुस्तकों को देखकर बोले, "अब कुछ असल लोगों के साथ बातचीत हो जाए!"

पेनसिल्वेनिया के प्रेरक वक्ता चार्ल्स "ट्रिमेंडस" जोन्स के साथ लिया लंच मुझे आज भी याद है।

बरसों तक उन्होंने इस विषय पर भाषण दिया था : "आप पाँच साल बाद भी आज जैसे ही रहेंगे; फ़र्क़ बस उन लोगों से पड़ेगा, जिनसे आप मिलते हैं और उन पुस्तकों से, जिन्हें आप पढ़ते हैं।"

समृद्ध भंडार

अगर आपके बच्चे हों, तो उनके जीवन में पढ़ने की आदत डालने का हरसंभव यत्न करें। एक पिता अपने बेटे को जेबख़र्च नहीं देता था। इसके बजाय वह उसे एक सेल्फ़-हेल्प पुस्तक पढ़ने के बदले एक डॉलर देता था। बाद में पिता ने कहा, "अगर मुझे उस वक़्त पता होता कि उन पुस्तकों से मेरे बेटे को कितना फ़ायदा होगा, तो मैं उसे ज़्यादा पैसे देता।"

आप जो शब्द ग्रहण करते हैं, वे काग़ज़ पर स्याही से कहीं अधिक होते हैं। वे एक समृद्ध, स्थायी भंडार बन जाते हैं, जिसके लाभ आपको जीवन में लगातार मिलते रहते हैं। यह दुखद है कि कुछ लोग कॉलेज की डिग्री तो ले लेते हैं, लेकिन इसके बाद सोचने लगते हैं कि "पुस्तकों से सीखने" की आवश्यकता ही ख़त्म हो गई है। उन्हें इस बात का अहसास

नहीं होता, लेकिन उनकी बातचीत जल्द ही सांसारिक हो जाती है और उनका मस्तिष्क बँधी-बँधाई सामाजिक लीक पर ही चलता रहता है।

हर दिन पढ़ने के लिए कोई ख़ास समय तय कर लें। इसे ऐच्छिक या फ़ुरसत का काम न मानें; इसे तो खाने या सोने जितना ही महत्वपूर्ण मानें। मैं दो क्षेत्रों पर ध्यान केंद्रित करता हूँ : (1) सेल्फ़-हेल्प तथा प्रेरणा, और (2) योग्यता का निर्माण।

पहले क्षेत्र से चरित्र बनता है और प्रेरणा मिलती है। दूसरे क्षेत्र से योग्यता निखरती है।

चाहे आप जानकारी के लिए पढ़ें, या फिर प्रेरणा, आनंद या व्यक्तिगत विकास के लिए पढ़ें, पढ़ने को अपने हर दिन के अनुभव का स्थायी, सुनियोजित हिस्सा बनाएँ।

73

मैं व्यक्तिगत विकास के प्रति आजीवन समर्पित रहूँगा

ऐ*लिस इन वंडरलैंड* में एक कमाल का प्रसंग है, जिसमें एलिस चेशायर बिल्ली से पूछती है, "क्या तुम मुझे बताओगी कि मुझे यहाँ से कहाँ जाना चाहिए?"

बिल्ली ने मुस्कुराते हुए जवाब दिया, "यह काफ़ी हद तक इस पर निर्भर करता है कि तुम पहुँचना कहाँ चाहती हो।"

अपने मिशन को स्पष्टता से तय करना न भूलें। यही आजीवन व्यक्तिगत विकास की कुंजी है।

कर्म का समय

उपलब्धि के लिए सकारात्मक सोच या अच्छे इरादों से कहीं अधिक की आवश्यकता होती है। एक चीनी कहावत है, "मैं सुनता हूँ और भूल जाता हूँ; मैं देखता हूँ और याद रखता हूँ; मैं करता हूँ और समझ जाता हूँ।"

तात्कालिक रुचि के बजाय उस क्षेत्र में जाएँ, जिसमें आपकी प्रतिभा हो। जैसा अँग्रेज़ लेखक डॉ. सैम्युअल जॉनसन ने कहा था, "यह हो सकता है कि कोई इंसान सारी चीज़ों की जानकारी रखने में इतना मसरूफ़ हो जाए कि किसी भी चीज़ का ख़ास जानकार न बन पाए।"

आपका सपना किसी बड़ी चुनौती से कम नहीं होना चाहिए। एक रियल एस्टेट डेवलपर के ऑफ़िस में मैंने यह लिखा देखा : "यदि आपने वह सब हासिल कर लिया है, जिसकी योजना बनाई थी - तो आपने पर्याप्त कार्यों की योजना नहीं बनाई थी।"

संभावनाओं को परास्त करना

सतत प्रगति उतनी थकान भरी नहीं होती, जितना कुछ लोग आपको यक़ीन दिलाना चाहेंगे। तराजू का सकारात्मक पलड़ा झुकाने के लिए आपको बस 51 प्रतिशत बार सफल होना है। यदि आप उससे अधिक सफल हों, तो उसे बोनस मान लें।

सपाट मैदान में पहुँचने और वहीं रूक जाने के प्रलोभन में न आएँ।

किसी ने समझदारी भरी टिप्पणी की थी, "लोग बूढ़े नहीं होते हैं। वे तो विकास की प्रक्रिया रोक देने के कारण बूढ़े *हो जाते* हैं।"

दर्जनों चीज़ें हैं, जो आप व्यक्तिगत विकास के लिए किसी भी दिन कर सकते हैं। मिसाल के तौर पर, आप एक दिन के लिए स्वस्थ आहार खा सकते हैं। आप एक दिन के लिए आशावादी हो सकते हैं। आप एक दिन के लिए दूसरों को प्रोत्साहित कर सकते हैं। क्यों न ये काम एक सप्ताह तक करें? या एक माह तक? या एक साल तक? इससे भी बेहतर, आप उन्हें जीवन भर कर सकते हैं।

74

मैं तनाव के कारण समझ कर उन्हें दूर कर दूँगा

एक हाई-टेक कंपनी के मैनेजर ने बताया कि उसके कर्मचारी हमेशा किसी न किसी बात की शिकायत करने उसके कमरे में चले आते थे। शिकायतें सुनने के बाद वह उनसे कहता था कि वे उसकी डेस्क पर एक लिखित ब्योरा छोड़ जाएँ। फिर जब वे दरवाज़े से बाहर जाने लगते थे, तो वह कहता था, "हाँ, नियम छह को मत भूलना।"

उसने इस वाक्यांश का इस्तेमाल बहुत बार किया था, लेकिन किसी ने भी उससे इसका मतलब नहीं पूछा।

एक दिन एक युवा कर्मचारी ने कहा, "नियम छह। हाँ, बिलकुल।" वह कमरे से बाहर जाने के लिए मुड़ा, लेकिन आधे रास्ते में ही रुक गया और पूछने लगा, "यह नियम छह क्या है?"

मैनेजर ने समझाया, "नियम छह है : ख़ुद को ज्यादा गंभीरता से मत लो।"

युवक ने जवाब दिया, "धन्यवाद, सर। मैं इसे याद रखूँगा। और बाक़ी नियम क्या हैं?"

"सच तो यह है कि और कोई नियम है ही नहीं," मैनेजर ने कहा।

संतुलन का मामला

करोड़ों लोग जबड़े भींचकर, सिर पर त्योरी चढ़ाकर और पेट में मरोड़ के साथ हर सुबह का स्वागत करते हैं - वे ऐसी चीज़ों को लेकर बेहद तनाव में होते हैं, जो प्रायः उनके नियंत्रण के परे होती हैं।

मैं एक मेडिकल जर्नल में छपे इस वाक्य को पसंद करता हूँ : "जब हम संसार में आते हैं, तो सिर पहले आता है और जब जाते हैं, तो पैर पहले जाते हैं; इन दोनों स्थितियों के बीच सब कुछ संतुलन का मामला है।"

दबाव से जूझना

जब आप भारी तनाव महसूस करें, तो छह सिद्धांतों का पालन करें :

1. एक समय में एक ही चीज़ पर ध्यान केंद्रित करें।
2. परिणाम की चिंता किए बिना अपना सर्वश्रेष्ठ प्रयास करें।
3. उन स्थितियों के बारे में चिंता न पालें, जिन पर आपका कोई नियंत्रण नहीं है।
4. तनाव के मूल कारण का उपचार करें।
5. हर संकट का तुरंत सामना करें।

जब आप दबाव के कारण को सचमुच जान जाते हैं, तो आप उस राह पर होते हैं, जो इसे हटाने की ओर ले जाती है।

75

मैं अपने शरीर को अच्छा पोषण दूँगा

सैन डिएगो की एक आहार-विशेषज्ञ ने अपने मरीज़ों के भोजन को बेहतर बनाने का एक तरीक़ा खोज लिया है। पहली मुलाक़ात में वह रोगी का वज़न लेती है और दो सप्ताह के लिए एक डायरी देती है। "मैं चाहती हूँ कि आप इसमें अपने खाए हर कौर का हिसाब लिखें - मात्रा के साथ।"

वह बताती है कि जब दो सप्ताह बाद मरीज़ आते हैं, तो आम तौर पर उसका वज़न आठ-दस पाउंड कम हो चुका होता है और वह पोषण के बेहतर नियमों का पालन कर रहे होते हैं।

उस आहार विशेषज्ञ की सलाह है, "किसी समस्या को सुलझाने का सबसे कारगर तरीका उसे *पहचानना* है।"

भोजन के ख़तरे

मेरी पत्नी और मैंने *फ़ूड स्मार्ट* की लेखिका शैरिल टाउन्सली के साथ डिनर किया है। अपनी पुस्तक में वे लिखती हैं कि एक साल में बीस लाख से अधिक लोगों की मौत होती है और उनमें से 68 प्रतिशत मामलों में भोजन की भूमिका होती है। वे कहती हैं, "यदि आप आत्महत्या और कार-दुर्घटना जैसी ग़ैर-इरादतन चीज़ों को कारणों की सूची से हटा दें, तो भोजन 80 प्रतिशत मौतों में योगदान देता है।"

यदि मैं आपसे अधिक स्वस्थ, अधिक पोषक आहार की सलाह लूँ, तो आप शायद मुझे वही बात बताएँगे, जो स्वास्थ्य विशेषज्ञ आपको वर्षों से बता रहे हैं : फल, सब्ज़ियाँ और अनाज अधिक खाओ; चिकनाई और शकर कम खाओ।"

जब आप पहले से ही जवाब जानते हैं, तो फिर इंतज़ार किस बात का है?

76

मैं शारीरिक दृष्टि से ख़ुद को फ़िट रखने का वादा करता हूँ

हो सकता है कि आपके पास संसार के सबसे महान उद्देश्य हों, लेकिन सिर्फ़ सपने देखने से क्या फ़ायदा, अगर आपमें उन्हें हासिल करने की शक्ति ही न हो?

शिकागो के निकट विलो क्रीक कम्युनिटी चर्च के मशहूर पादरी बिल हीबल्स कहते हैं, "आजकल बहुत से लोग शारीरिक थकान से पस्त रहते हैं। अधिकतर को तो पता ही नहीं होता कि उनकी शारीरिक अवस्था दूसरों को प्रेम करने के उनके प्रयासों को कितना कमज़ोर कर देती है। उन्हें यह अहसास ही नहीं होता कि सुनने, सेवा करने, सामना करने और फटकारने में शारीरिक ऊर्जा की ज़रूरत होती है।"

हीबल्स के अनुसार, "जो लोग बेडौल होते हैं, उनमें जल्दी चिढ़ने, आलोचना करने, रक्षात्मक और नकारात्मक होने की प्रवृत्ति होती है। उनके लिए दूसरों से प्रेम करना मुश्किल होता है और दूसरों के लिए भी उनसे प्रेम करना उतना ही मुश्किल होता है।"

हर व्यक्ति व्यायाम के लाभ जानता है, लेकिन कई लोग ग़लत जगह पर इसकी तलाश करते हैं। वायएमसीए के बुलेटिन बोर्ड पर किसी ने यह संदेश चिपकाया था : "कुछ लोगों का एकमात्र व्यायाम होता है निष्कर्षों पर कूदना, मित्रों के पास दौड़ना, ज़िम्मेदारी से दूर भागना, मूल बात से कन्नी काटना, गेंद दूसरे पाले में पहुँचाना और अपने दिमाग़ के घोड़े दौड़ाना।"

पंद्रह मिनट का वादा

यदि आप एक सरल निर्णय पर अमल कर लें, तो इसका आपकी आयु पर आश्चर्यजनक असर हो सकता है। यह संकल्प लें कि आप हर दिन पंद्रह मिनट शारीरिक व्यायाम करेंगे। यह कुछ भी हो सकता है - चलना, जॉगिंग करना या किसी विशेष उपकरण का इस्तेमाल करना, जिसे आपने टी.वी. के विज्ञापन में देखकर ख़रीद लिया था।

यदि संभव हो, तो किसी विशेषज्ञ से मार्गदर्शन लें। कहा जाता है कि "अभ्यास से ही पूर्णता आती है," लेकिन यह पूरी तरह सच नहीं है। जो टेनिस खिलाड़ी किसी ग़लत स्ट्रोक का अभ्यास करता रहता है, वह कई तरीक़ों से हार सकता है। उठक-बैठक जैसे बुनियादी व्यायाम को भी अगर सही तरीक़े से न किया जाए, तो इससे फ़ायदा कम, नुक़सान ज़्यादा होगा।

एक कॉरपोरेट हेल्थ ट्रेनर ने कहा है, "ऐसी संतुलित योजना बनाएँ, जो आपके हृदय और फेफड़ों को शक्ति दे, आपकी मांसपेशियाँ बनाए, लचीलापन बढ़ाए और वज़न/ कद का सही अनुपात बनाए।"

सबसे अच्छी सलाह क्या है? शुरू कर दें!

77

मैं दैनिक नवीनीकरण की योजना बनाऊँगा

रिहाई के बाद युद्धबंदियों ने अपने बारे में कई प्रेरक कहानियाँ बताई हैं कि उन्होंने अपने मनोबल और आशा का नवीनीकरण कैसे किया।

लेखक डेनिस वेटली ने एयर फ़ोर्स के कर्नल जॉर्ज हॉल के बारे में बताया है। कर्नल हॉल उत्तर वियतनाम में सात साल तक युद्धबंदी रहे थे और इस दौरान उन्होंने अपने दिमाग़ में हर दिन गोल्फ़ का एक काल्पनिक राउंड खेला।

वेटली कहते हैं, "असल खेल में लौटने पर उन्हें उन मानसिक अभ्यासों से लाभ मिला। सात साल तक गोल्फ़ से दूर रहने के बावजूद वे रिहाई के एक महीने से भी कम समय में ही दोबारा फ़ॉर्म में आ गए। उन्होंने ग्रेटर न्यू ऑरलीन्स ओपन की प्रो-एम प्रिलिमिनरी में बहुत अच्छा प्रदर्शन किया।"

आपका रहस्य क्या है?

आप एक नए दिन की तैयारी कैसे करते हैं?

मैंने स्व-प्रेरणा पर एक सेमिनार आयोजित किया और सहभागियों से कहा कि वे मुझे दैनिक नवीनीकरण का अपना रहस्य बताएँ। उन्होंने ये बातें बताईं :

- "मैं सुबह-सुबह अख़बार पढ़ने से बचता हूँ; उसे मैं बाद में पढ़ता हूँ। अख़बार में बहुत सारी नकारात्मक ख़बरें होती हैं।"
- "मैं स्त्रोतों और कहावतों को पढ़ती हूँ।"
- "जब मुझे मनोबल बढ़ाने की ज़रूरत महसूस होती है, तो मैं मन ही मन अपने जीवन के सर्वश्रेष्ठ पल याद करने लगता हूँ।"
- "जब मैं सोने जाता हूँ, तो अपनी परेशानियों को भी सुला देता हूँ।"

'मोटिवेशन' शब्द 'मोटिव' से उत्पन्न हुआ है, जिसका मतलब है बाहर से नहीं, भीतर से आने वाला।

ढलान पर न फिसलें

अपने मनोबल के नवीनीकरण की योजना के बिना आपकी शक्ति और संकल्प की क्षमता कम हो जाती है। जैसा एक मित्र ने मुझे एक बार बताया था, "अगर मेहनत किए बिना आपकी साइकल चल रही है, तो समझ लीजिए कि या तो आपकी गति कम हो रही है या फिर आप पहाड़ से नीचे जा रहे हैं।"

अपने मन को तरोताज़ा और चपल बनाने के लिए कोई भी समय अच्छा है - बिस्तर छोड़ने से पहले, शॉवर लेते समय, कार से ऑफ़िस जाते समय, लंच ब्रेक में, डिनर के बाद टहलते समय या रात को सोने से पहले आरामकुर्सी में आराम करते समय।

बीते कल की मुश्किलों को भूल जाएँ। कहें, "जो हुआ, सो हुआ। इसकी वजह से मैं पहले से बेहतर और समझदार बन गया हूँ।"

आपको एक नया दिन इसलिए दिया गया है, ताकि आप एक नए इंसान बन सकें। इस अवसर का लाभ लें।

78

मैं अपने सपने को कभी नहीं छोड़ूँगा

अटलांटा के एक सम्मेलन में मैं अपनी पुस्तकों पर ऑटोग्राफ़ दे रहा था। एक युवक ने अपनी प्रति लेते हुए कहा, "धन्यवाद! मैं आशा करता हूँ कि आपके सारे सपने आपके जीवनकाल में साकार हो जाएँ।"

मैंने मुस्कुराकर जवाब दिया, "आपका इरादा नेक है, लेकिन यदि मेरे सारे सपने साकार हो गए, तो शायद मैं मर जाऊँगा। जब तक मेरे पास सपना है, तभी तक मैं जीवित हूँ!"

वह पीछे नहीं हटेगा

उपलब्धि के लिए दृष्टि से अधिक की आवश्यकता होती है – इसमें लगन की ज़रूरत होती है।

एक रेस्तराँ का मैनेजर एक युवा वेटर को देखकर हैरान रह गया। उसने उसे नौकरी से निकाल दिया था, लेकिन वह दोबारा काम पर लौट आया था। बॉस ने पूछा, "क्या तुम्हें मेरा पत्र नहीं मिला?"

"हाँ सर," उसने जवाब दिया। "पत्र के भीतर लिखा था, 'तुम्हें नौकरी से निकाला जाता है!' लेकिन लिफ़ाफ़े पर बाहर यह भी लिखा था, 'अनुत्तरित रहने पर पाँच दिन में लौटाएँ,' इसलिए मैं लौट आया हूँ।"

यही लगन है!

अँग्रेज़ खोजी कैप्टेन जेम्स कुक भीषण बाधाओं के बावजूद बढ़ते रहे। उन्होंने कहा, मेरी महत्वाकांक्षा यह नहीं थी कि मैं उतनी दूर तक जाऊँ, जितनी दूर तक कोई मनुष्य मुझसे पहले नहीं गया था; मेरी महत्वाकांक्षा तो उतनी दूर तक जाने की थी, जितनी दूर जाना मनुष्य के लिए संभव था।"

जागिए!

"अपने सपने सच करने के लिए आपको पहली चीज़ क्या करनी चाहिए?" किंडरगार्टन की एक टीचर ने अपनी कक्षा के बच्चों से पूछा।

एक छोटे लड़के ने जवाब दिया, "स्वयं को जगाना!"

उसकी बात सही है।

हमें लाल बालों वाली ऐनी नामक छोटी लड़की के विश्वास और आशावाद की ज़रूरत है, जो गाती है, "ओह, कल सूरज बाहर निकलेगा!" कल बस एक दिन ही तो दूर है!

याद रखें, लोग कभी उस लक्ष्य को नहीं देख पाएँगे, जिस पर आप निशाना साध रहे हैं - वे तो बस उस लक्ष्य को देखेंगे, जिसे आपने बेध दिया है।

खंड IV

संसार से वादे

79

मैं अपने देश को सम्मान दूँगा और इसकी रक्षा करूँगा

जब ईश्वर ने संसार की रचना की, तो एक सुव्यवस्थित सृष्टि का निर्माण हुआ और बाद में सभी लोगों के लिए सरकार का प्रावधान किया गया।

मिस्र के माउंट सायनाई पर जब ईश्वर ने अपने बच्चों को ग़ुलामी से मुक्त किया, तो ईश्वर ने उन्हें एक राष्ट्र के रूप में संगठित किया। उन्होंने "पुजारियों का एक राज्य" बनाया और स्वयं को उनका शासक बनाया। ज़िम्मेदारियाँ प्रशासन, न्याय और सेना संबंधी थीं।

राष्ट्रभक्ति की शपथ लेना

हालाँकि आज भी संसार में शासक हैं, लेकिन इसके बावजूद हम यह बात जानते हैं कि हम "ईश्वर के अधीन" हैं। हमारे संस्थापक राष्ट्रपति जॉर्ज वॉशिंगटन ने कहा था, "ईश्वर और बाइबल के बिना संसार पर सही तरीक़े से शासन करना असंभव है।"

जब राष्ट्रपति और अन्य संघीय हस्तियाँ पद की शपथ लेती हैं, तो वे अपना हाथ पवित्र बाइबल पर रखती हैं और ईश्वर तथा देश दोनों के प्रति वफ़ादारी की शपथ लेती हैं।

मुझे अब भी याद है, मैं स्कूल में हर दिन अपना हाथ हृदय पर रखकर दोहराता था, "मैं संयुक्त राष्ट्र अमेरिका के ध्वज के प्रति निष्ठा की क़सम खाता हूँ। मैं उस गणतंत्र के प्रति निष्ठा की शपथ लेता हूँ, जो ईश्वर के अधीन एक अविभाज्य राष्ट्र है, जहाँ सबके लिए स्वतंत्रता और न्याय है।"

क़ानून

लेखक और पूर्व शासकीय अधिकारी चार्ल्स कॉलसन जीवन में क़ानून की अत्यावश्यक भूमिका को पहचानते हैं। वे कहते हैं, "शासन पाप का इलाज नहीं, इस पर क़ाबू करने का साधन है।"

जब आप अपने देश का सम्मान करने और इसकी रक्षा करने का वादा करते हैं, तो आप ईश्वर की इच्छा पूरी कर रहे हैं।

80

मैं अपने देश के लीडर्स के लिए प्रार्थना करूँगा

जनवरी 1961 में राष्ट्रपति पद के शपथ समारोह में जॉन एफ़. केनेडी ने इन शब्दों से अमेरिका को चुनौती दी थी : "यह मत पूछो कि आपका देश आपके लिए क्या कर सकता है – इसके बजाय यह पूछो कि आप अपने देश के लिए क्या कर सकते हैं।"

जीवन में आपका पेशा या ओहदा चाहे जो हो, एक चीज़ है जो हम सभी कर सकते हैं। हम सभी प्रार्थना कर सकते हैं। इंसानों के रूप में या ज़्यादा बड़े समूहों में हम राष्ट्रपति, संसद, सर्वोच्च न्यायालय के न्यायाधीशों और अपनी स्थानीय सरकार के नेताओं पर जोशीली प्रार्थना का सैलाब ला सकते हैं।

मध्यस्थता की राह

प्रार्थना के कई रूप होते हैं। हम ईश्वर के साथ *समागम* कर सकते हैं। हम अपने व्यक्तिगत आग्रहों से *याचना* कर सकते हैं या हम *मध्यस्थता*

का इस्तेमाल करके प्रार्थना कर सकते हैं कि ईश्वर दूसरों को बुद्धि और मार्गदर्शन प्रदान करे।

डिक ईस्टमैन ने अपनी पुस्तक *नो ईज़ी रोड* में कहा है, "मध्यस्थता हमारे साथी इंसानों की लाखों बुराइयों के साथ जूझती है। मध्यस्थता का अर्थ है अपने स्वार्थ को अलविदा कहना और मानवता के बोझ का स्वागत करना। सच तो यह है कि मध्यस्थता ही प्रार्थना का उत्कर्ष है।"

जो लोग हमारे देश का नेतृत्व करते हैं, उनके लिए हमारी प्रार्थना क्या होनी चाहिए?

- बुद्धिमानी के लिए प्रार्थना - ताकि वे यह समझ और जान सकें कि सबसे अच्छा क्या है।
- मार्गदर्शन के लिए प्रार्थना - ताकि वे ईश्वर की इच्छा पूरी कर सकें।
- सुरक्षा के लिए प्रार्थना - ताकि ईश्वर उन्हें सुरक्षा प्रदान करे।
- शांति के लिए प्रार्थना - ताकि वे सहमति और समझौते को बढ़ावा दें।

81

मैं क़ानून की भावना और नियमों का पालन करूँगा

कई लोग यक़ीन करते हैं कि क़ानून का पालन करना या न करना उनकी व्याख्या पर निर्भर है। इमारती लकड़ी की एक कंपनी में एक कर्मचारी था, जिसने दो साल तक कंपनी से एक-एक करके सामान चुराया और उससे अपना पूरा घर बना लिया। बाद में इस अपराध में

उसे गिरफ़्तार कर लिया गया। मुकदमे में उसने स्पष्ट किया, "मैंने तनख़्वाह बढ़ाने का आवेदन दिया था, उसे नहीं बढ़ाया गया, इसलिए मैंने वह ले लिया जिस पर मैं अपना हक़ समझता था!"

टैक्सस में ट्रैफ़िक पुलिस के एक कर्मचारी ने कहा कि उसने उन लोगों के दर्जनों बहाने सुने हैं, जिन्हें उसने बहुत तेज़ गाड़ी चलाते हुए पकड़ा था। एक आदमी तो तूफ़ानी गति से कार चलाकर पेट्रोल पंप तक पहुँचा। फिर वह कूदकर उतरा और रेस्टरूम से चिल्लाकर बोला, "मुझे नहीं लग रहा था कि मेरी कार यहाँ तक पहुँच जाएगी!"

तुरंत न्याय

जब सही और ग़लत का मामला आता है, तो स्थितिवादी नैतिकता कारगर नहीं होती। दिल की गहराई में हम जानते हैं कि हमारे कार्य ईमानदार हैं या बेईमानी भरे, न्यायपूर्ण हैं या अन्यायपूर्ण और धोखे की क़ीमत हमारी सोच से कहीं जल्दी चुकानी पड़ती है।

बहुत लंबे समय से लोग दोष मढ़ने और अपनी ज़िम्मेदारी से कतराने की कोशिश करते आए हैं। रोनाल्ड रीगन का मानना था, "हमें इस विचार को ठुकरा देना चाहिए कि जब कोई क़ानून तोड़ा जाता है, तो हर बार क़ानून तोड़ने वाले के बजाय समाज दोषी होता है। अब अमेरिकी आधारवाक्य को दोबारा स्थापित करने का वक़्त आ चुका है कि हर व्यक्ति अपने कार्यों के लिए स्वयं जवाबदेह है।"

बुनियादी बातों पर लौटना

मनुष्य ने आज तक चार करोड़ से अधिक क़ानून बना लिए हैं, लेकिन अब तक दस कमांडमेंट्स से बेहतर नियम नहीं बना पाया है। वास्तव में, बाइबल में क़ानून के बुनियादी सिद्धांत समाहित हैं, जिनमें ये शामिल हैं :

- सभी अपराध अंततः ईश्वर के प्रति अपराध हैं
- हम व्यक्तिगत रूप से अपने व्यवहार के लिए ज़िम्मेदार हैं।

- हमें मानव जीवन का सम्मान करना है।
- दंड अपराध के अनुपात में होना चाहिए।
- न्याय शाश्वत है।

थियोडोर रूज़वेल्ट ने एक बार लिखा था, "कोई भी इंसान क़ानून से ऊपर नहीं है और कोई भी इंसान इससे नीचे नहीं है; न ही इसका पालन करने को कहते समय हम किसी व्यक्ति से अनुमति माँगते हैं।"

संकल्प लें कि आप क़ानून के शब्द और भाव दोनों के ही अनुरूप जिएँगे।

82

मैं एक शक्तिशाली समाज की स्थापना में मदद करूँगा

आपके शहर या इलाक़े में जीवन की जो गुणवत्ता मौजूद है, वह अपने आप नहीं है। इसकी ख़ातिर स्वयंसेवक हज़ारों घंटे तक मेहनत करते हैं और वे सड़क किनारे कचरा बीनने से लेकर स्कूल बोर्ड के सदस्य बनने तक हर काम करते हैं।

बहरहाल, यह तो आवश्यकता की सतह को सिर्फ़ खरोंचना भर है।

परिवर्तन का समय

एक सामाजिक कार्यकर्ता ने एक बार मुझसे कहा था, "अमेरिका में इतने विशाल कल्याण तंत्र का बनना बड़े अफ़सोस की बात है। इससे लाभान्वित होने वाले लोग निर्भरता के जाल में फँसकर रह जाते हैं। यही नहीं, ज़रूरतमंद लोगों की सीधे मदद करने के करोड़ों लोगों के अधिकार को भी नकारा गया है।"

उन लोगों की संख्या बढ़ रही है, जो यक़ीन करते हैं कि अब समय आ गया है कि चर्च, स्थानीय संस्थाएँ और समाज के लोग एक बार फिर मुसीबतज़दा लोगों को बचाने तथा मर रहे लोगों की परवाह करने वाली भूमिका निभाएँ।

सेंट ऑगस्टिन ने पूछा था, "प्रेम कैसा दिखता है? दूसरों की मदद के लिए इसके पास हाथ होते हैं। ग़रीबों और ज़रूरतमंदों के पास तेज़ी से पहुँचने के लिए इसके पास पैर होते हैं। दुख और अभाव देखने के लिए इसके पास आँखें होती हैं। इंसानों की आहों और दुखों को सुनने के लिए इसके पास कान होते हैं। प्रेम ऐसा ही दिखता है।"

हर समुदाय को सतत नवीनीकरण की आवश्यकता होती है। मदर टेरेसा के शब्दों में, "दीए को जलाए रखने के लिए हमें इसमें तेल डालते रहना होता है।"

पैमाना

मैंने एक बार एक सिटी काउंसिलमैन को पूछते सुना था, "आपने पिछले साल समाज को कितने घंटे दिए? एक? दस? एक सौ?" फिर उन्होंने आगे कहा, "हमें आपसे सिर्फ़ टैक्स ही नहीं चाहिए बल्कि हमें आपके हुनर की सख़्त ज़रूरत है।"

मेरे जीवन के सबसे अधिक पुरस्कारदायक पल वे रहे हैं, जब मैं वॉलंटरी एक्शन सेंटर, रोटरी इंटरनेशनल, जूनियर एचीवमेंट और द युनाइटेड वे में शरीक रहा हूँ।

किसी समुदाय का सच्चा पैमाना यह नहीं है कि ऑफ़िस इमारतों की संख्या कितनी है, पक्की सड़क कितने मील लंबी है या इसकी उपयोगिता कंपनी का आकार क्या है। इसका सर्वश्रेष्ठ पैमाना तो यह है कि जिन्हें हम अपना पड़ोसी कहते हैं, उन्हें हम कितना समय और सहयोग देते हैं।

83

मैं दूसरों की आवश्यकताओं के प्रति संवेदनशील रहूँगा

बहुत समय पहले एक आदमी एक बियाबान रेगिस्तान में भटक रहा था। अचानक उसे ठंडे, साफ़ पानी का एक सोता दिखा। पानी इतना ताज़ा था कि उसने शहंशाह को पिलाने का फ़ैसला किया। उसने चमड़े की मशक में पानी भरा और गर्म रेत में लंबी यात्रा पर चल पड़ा, जब तक कि वह महल नहीं पहुँच गया। यात्रा के दौरान काफ़ी दिन बीतने से पानी बासी हो गया था, क्योंकि मशक भी पुराने चमड़े की थी।

शहंशाह ने इस वफ़ादार नागरिक की भेंट सहृदयता से स्वीकार की। उन्होंने गहरी प्रशंसा और ख़ुशी के भाव के साथ पानी का स्वाद चखा। राहगीर जब वहाँ से गया, तो उसका हृदय ख़ुशी से भरा हुआ था।

उसके जाने के बाद कई दरबारियों ने वह बदबूदार पानी चखा और शहंशाह से पूछा, "आपने यह नाटक क्यों किया कि इसका स्वाद अच्छा है?"

"ओह," शहंशाह ने प्रतिक्रिया की। "यह पानी नहीं था जिसका मैं स्वाद ले रहा था; मुझे तो उस भावना में स्वाद आ रहा था, जिससे इसे दिया गया था।"

क्या आप वाक़ई दूसरों की आवश्यकताओं के प्रति संवेदनशील हैं – भावनात्मक रूप से, आध्यात्मिक रूप से और शारीरिक रूप से? क्या आपको पता चल जाता है कि दूसरों को कब चोट पहुँच रही है? या फिर आप ख़ुद में इतने खोए रहते हैं कि आपको परवाह ही नहीं होती?

मिनेसोटा के एक अख़बार के स्तंभकार निक कोलमैन कहते हैं, "अंदर कहीं गहराई में इंसान को सोमवार रात की फ़ुटबॉल, स्टॉक, कार

रेसिंग और व्हिस्की से अधिक बड़ी चीज़ में यक़ीन करने की ज़रूरत होती है।"

कोई अधिक बड़ी चीज़ है। आप विपत्ति में इसकी ओर अपना हृदय खोल सकते हैं।

सर्वश्रेष्ठ दाँव

अरकैंसस में घुड़दौड़ स्टेडियम के एक द्वारपाल ने अपनी जीवन भर की पूँजी यानी सात हज़ार डॉलर बैंक से निकालकर अपने भतीजे को दे दिए, ताकि वह कॉलेज की पढ़ाई पूरी कर सके। उस आदमी से पूछा गया, "आपने उसे इतना सारा पैसा क्यों दिया?"

वह मुस्कुराकर बोला, "हर दिन मैं हज़ारों लोगों को देखता हूँ, जो घोड़ों पर दाँव लगाते हैं और कंगाल हो जाते हैं। मुझे लगता है कि अगर कोई आदमी किसी इंसान पर दाँव लगाए, तो उसे भारी लाभ हो सकता है।"

आप कौन सा निवेश करने को तैयार हैं?

84

मैं उन लोगों तक जाऊँगा, जो आहत हो रहे हैं

जब बिल विल्सन चौदह साल का था, तो वह और उसकी परेशान माँ सेंट पीटर्सबर्ग, फ़्लोरिडा में एक गटर के पास बैठे थे। माँ ने जाते-जाते बेटे से कहा, "कहीं जाना मत, यहीं इंतज़ार करना।" और वे कभी नहीं लौटीं।

तीन दिन बाद भी बिल उसी गटर के पास बैठा हुआ था। तभी नज़दीक ही रहने वाले डेव रूडेनिस ने उसकी दुर्दशा देखी और वे उसके पास गए। उन्होंने बिल को खाना दिया और उसी सप्ताह एक यूथ कैंप में उसकी रजिस्ट्रेशन फ़ीस चुकाई। यह उस छोटे बच्चे के जीवन के आश्चर्यजनक कायाकल्प की शुरुआत थी।

आज बिल विल्सन बुशविक में रहते हैं। यह ब्रुकलिन, न्यू यॉर्क में मादक द्रव्यों से संक्रमित "युद्ध क्षेत्र" है, जहाँ उनके द्वारा स्थापित मेट्रो चर्च हर सप्ताह ग्यारह हज़ार बच्चों से संपर्क करती है। इस चर्च की स्थापना का उद्देश्य बिल जैसे बच्चों की मदद करना ही है। आप यह नाटकीय कहानी उनकी पुस्तक *हूज़ चाइल्ड इज़ दिस?* में पढ़ सकते हैं।

बिल कहते हैं, "मैं यह सोचना तक नहीं चाहता कि अगर डेव ने मेरी ज़रूरत को नहीं पहचाना होता, तो मेरा जीवन कैसा होता।"

पटरी पार करना

एक रिपोर्टर ने मशहूर मानसिक स्वास्थ्य विशेषज्ञ कार्ल मेनिंगर से पूछा, "आप उस व्यक्ति को क्या सलाह देंगे, जिसे नर्वस ब्रेकडाउन आने का आभास हो रहा हो?"

पत्रकार को इस जवाब की उम्मीद थी, "किसी मनोचिकित्सक से परामर्श लें।" बहरहाल, मेनिंगर ने यह जवाब नहीं दिया। इसके बजाय उन्होंने कहा, "घर पर ताला लगा दें, रेल की पटरी पार करें, किसी ज़रूरतमंद इंसान को खोजें और उसकी मदद के लिए कुछ करें।"

हमें एक बैंक एक्ज़ीक्यूटिव जैसे ही किसी नतीजे पर पहुँचने की ज़रूरत है, जो एक ग़रीब इलाक़े से गुज़र रहा था : "मैं सोच रहा था कि कोई कुछ करता क्यों नहीं है। फिर मुझे अहसास हुआ कि वह *कोई* मैं ही था।"

जैसा जॉन बनयन ने *पिलग्रिम्स प्रोग्रेस* में लिखा है, "जो अपना सामान ग़रीबों को दान देता है, उसे उतना ही नहीं, दस गुना ज़्यादा मिलेगा।"

85

मैं सार्थक कार्यों का समर्थन करूँगा

किसी बड़ी आवश्यकता को पूरी करना एक बड़ा युद्ध लड़ने जैसा होता है। सीमा पर मौजूद हर बदूँकधारी सैनिक के पीछे असंख्य अन्य लोग होते हैं, जो अत्यावश्यक समर्थक भूमिका निभाते हैं।

हो सकता है जीवन में आपका सपना सर्वश्रेष्ठ इंजीनियर, स्कूल टीचर, ग्राफ़िक आर्टिस्ट या उद्यमी बनना हो। बहरहाल, आप पर्दे के पीछे क्या करते हैं, उससे किसी उद्‌देश्य की पूर्ति हो सकती है या धर्मयुद्ध में सफलता मिल सकती है।

शक्ति प्रदान करें

जब एक मशहूर परोपकारी संस्था के प्रमुख की अख़बारों में आलोचना हुई, तो संस्था के एक प्रमुख दानदाता से पूछा गया, "क्या आप अपना समर्थन जारी रखना चाहते हैं?"

उसने जवाब दिया, "मैंने अपनी आर्थिक सहायता रोकने के बारे में कभी सोचा भी नहीं है। मैं किसी चर्च *को* दान नहीं देता हूँ; मैं तो चर्च *के माध्यम से* दान देता हूँ।"

लोग बदल सकते हैं, लेकिन स्थापित सार्थक उद्‌देश्यों और जीवन बचाने वाली सहायक योजनाओं को बनाए रखना हमारा दायित्व है।

भारी बोझ को हल्का करें। उन्हें शक्ति दें, जो शक्ति प्रदान करते हैं।

खंड V

ईश्वर से वादे

86

मैं ज़रूरी चीज़ों को पहले करने का वादा करता हूँ

शिकागो में मूडी चर्च के पूर्व पादरी एच. ए. आयरनसाइड ने एक रेड इंडियन की कहानी बताई, जो अपने समुदाय के सदस्यों के सामने अपने धर्म-परिवर्तन की घोषणा कर रहा था।

नया धर्म अपनाने वाले ने बताया कि शुरुआत में तो वह अपने आध्यात्मिक कायाकल्प से इतना ख़ुश था कि उसे महसूस हुआ, जैसे वह दोबारा कभी पाप नहीं करेगा। बहरहाल, समय गुज़रने के साथ वह एक आंतरिक संघर्ष के बारे में जागरूक हुआ, जिसका वर्णन उसने इस तरह किया :

बंधुओ, ऐसा लगता है जैसे मेरे दिल में दो कुत्तों के बीच लड़ाई चलती रहती है। एक बहुत ही भला कुत्ता है, जो हमेशा मेरे सर्वश्रेष्ठ हितों की रक्षा करता है। दूसरा बहुत बुरा, बदसूरत कुत्ता है, जो हमेशा हर अच्छी चीज़ को नष्ट करने की कोशिश करता है। इन कुत्तों की वजह से मुझे बहुत कष्ट होता है, क्योंकि वे हमेशा लड़ते रहते हैं।

उसके एक साथी ने नज़रें उठाकर देखा और पूछा, "कौन सा कुत्ता जीतता है?"

उस आदमी ने तुरंत जवाब दिया, "जिसे मैं जीतने के लिए चुनता हूँ!"

आपके जीवन में पहले स्थान पर कौन है? यह वही है, जिसे हम चुनते हैं।

प्रतिस्पर्धा करने वाली शक्तियाँ

हर पल दर्जनों शक्तियाँ हमारा ध्यान खींचने के लिए प्रतिस्पर्धा कर रही हैं - मित्रों से लेकर मीडिया की सतत बमबारी तक।

अव्यवस्था के इस माहौल में व्यवस्था बनाने का एकमात्र तरीक़ा अपनी प्राथमिकताओं के संबन्ध में निर्णय लेना है। बेशक क्रम यह रहना चाहिए : ईश्वर सबसे पहले, परिवार दूसरे स्थान पर और बाक़ी सब उसके बाद।

ओसवाल्ड चैंबर्स कहते हैं, "यदि हम ख़ुद को ख़ुश करने के लिए कुछ बनाते हैं, तो समझिए कि रेत पर बना रहे हैं; यदि हम ईश्वर के प्रेम की ख़ातिर बनाते हैं, तो पत्थर पर बना रहे हैं।"

पहली चीज़ें पहले रखें!

87

मैं अपनी चर्च का वफ़ादार सदस्य रहूँगा

एक सुबह वॉशिंगटन चर्च में पादरी के फ़ोन की घंटी बजी, जहाँ अमेरिका के राष्ट्रपति जाते थे। एक उत्सुक आवाज़ ने पूछा, "मुझे बताएँ, क्या इस रविवार को चर्च में राष्ट्रपति रहेंगे?"

पादरी ने जवाब दिया, "मैं इसका वादा नहीं कर सकता, लेकिन हमें उम्मीद है कि ईश्वर यहाँ रहेगा और हमारा मानना है कि यहाँ आने के लिए यही प्रोत्साहन पर्याप्त होना चाहिए।"

दर्जनों बहाने

अधिकतर मामलों में देखा जाता है कि चर्च के सदस्य तो काफ़ी होते हैं,

लेकिन उनमें से बहुत कम लोग रविवार की प्रार्थना के लिए आते हैं। ऐसा क्यों?

सैन डिएगो के एक छोटे चर्च के पादरी ने कुछ बहाने बताए, जो उन्हें सुनने को मिले थे :

- "चर्च में तापमान बहुत कम रहता है, जिससे मेरी गठिया की दिक़्क़त बढ़ जाती है।"
- "जब तक मि. स्मिथ उप-पादरी हैं, मैं उस इमारत में उनके साथ नहीं बैठ सकता। वे बदमाश हैं।"
- "सप्ताह भर हम इतने व्यस्त रहते हैं कि अपने परिवार के साथ बिताने के लिए मुझे बस रविवार सुबह ही मिलती है।"

पादरी का निष्कर्ष था, "लोग बहाने तो बहुत से खोज सकते हैं, लेकिन उनके पास कारण एक भी नहीं होता।"

मैं क्या दूँगा?

चर्च सिर्फ़ एक इमारत है, जब तक कि ईश्वर और आपकी उपस्थिति से यह सजीव नहीं होती। जैसा ए. डब्ल्यू. टोज़र कहते हैं, "सावधान संगठन द्वारा एकता के सूत्र में बँधे सौ धार्मिक व्यक्तियों से चर्च नहीं बनती है, जिस तरह ग्यारह मुर्दों से फ़ुटबॉल टीम नहीं बन जाती। पहली आवश्यकता हमेशा जीवन की होती है।"

यह न पूछें, "मुझे चर्च में सेवा से क्या मिलेगा?" यह पूछें, "मैं क्या दूँगा?"

जब चर्च के दरवाज़े खुलें, तो वहाँ मौजूद रहें – सही कारणों के साथ।

88

मैं ईश्वर के काम में आर्थिक मदद करूँगा

हम पाने के लिए नहीं देते हैं, लेकिन परिणाम हमेशा यही होता है।

दान देने के कई कारण होते हैं, लेकिन सिर्फ़ वही महत्वपूर्ण होता है, जो आपके दिल की आवाज़ हो। सिर्फ़ अच्छी छवि बनाने या अपराधबोध के दबाव के कारण ही चर्च की मदद के लिए चेक न काटें। यह तो आराधना का कार्य होना चाहिए।

जीवन की नदी

मैं उस पादरी के बारे में सुनकर हँस पड़ा था, जिसने तश्तरी बढ़ाने से पहले कहा था, "और अब, प्रिय सज्जनो, हमें उस राशि के अनुरूप देना चाहिए, जो हम इन्कम टैक्स के फ़ॉर्म में भरेंगे।"

मेथोडिज़्म के संस्थापक जॉन वेस्ले ने सिखाया था कि पैसों के संबन्ध में एक वफ़ादार सेवक के तीन उद्देश्य होने चाहिए : "जितना कमा सकते हो, कमाओ। जितना बचा सकते हो, बचाओ। जितना दे सकते हो, दो।"

अपने जीवन की नदी को बहने दें। देना सिखें।

89

मैं सेवा करने वाले लोगों का सम्मान करूँगा

अमेरिकी नैवल अकादमी के एक स्नातक ने मुझे बताया, "प्रशिक्षण के दौरान सबसे बड़ा सबक़ मैंने यह सीखा कि आप इंसान को सलाम नहीं करते हैं, आप तो उसकी वर्दी को सलाम करते हैं। उसकी वर्दी पर जितने ज़्यादा तमगे लगे होते हैं, वह उतने ही ज़्यादा सम्मान का हक़दार होता है।"

जो लोग चर्च में धर्मोपदेशक के आसन के पीछे खड़े रहते हैं, वे हमारे उच्च सम्मान और प्रशंसा के हक़दार हैं। वे ईश्वर के प्रतिनिधि हैं और हम उनके साथ जो व्यवहार करते हैं, वह ईश्वर के प्रति हमारे सम्मान का प्रतिबिंब है।

बोझ उठाने वाले

एक नागरिक ने अपने पादरी से आधे मज़ाक में कहा, "सप्ताह में एक दिन काम करना कितना अच्छा रहता होगा!" यह बात बार-बार सुनते-सुनते पादरी तंग आ गया और उसने तपाक से जवाब दिया, "दरअसल, मैं पूरे सप्ताह चर्च के लिए काम करता हूँ; रविवार को तो मैं अपना समय दान देता हूँ।"

सच्चाई यह है कि अधिकतर पादरी बहुत तनाव में जीते हैं। वे न सिर्फ़ अपना बोझ उठा रहे हैं, बल्कि अपने धर्मसमुदाय के कई अन्य लोगों का बोझ भी उठा रहे हैं।

ये वफ़ादार सेवक हमारे सम्मान के हक़दार हैं।

90

मैं समय और क़ाबिलियत का दान दूँगा

पहली बार जब मैंने नायाग्रा प्रपात देखा, तो मैं उसकी शक्ति देखकर दंग रह गया। सदियों से प्रपात से बहुत सारा पानी गिरता आया है, लेकिन आज इसकी शक्ति का दोहन किया जाता है। यहाँ अब विश्व की बहुत बड़ी जलविद्युत परियोजना संचालित होती है, जिससे बाईस मिलियन किलोवॉट से अधिक बिजली उत्पन्न होती है, जो पूरे इलाक़े को रोशन कर देती है।

ईश्वर भी आपके भीतर छिपी हुई शक्ति देखता है, जिसका इस्तेमाल नेकी के लिए किया जा सकता है।

योग्यता और उपलब्धता

जब आप किसी कारपेंटर की सेवा लेते हैं, तो उससे यह नहीं पूछते, "आपके बॉक्स में कितने औज़ार हैं?" आपकी रुचि तो सिर्फ़ एक बात में होती है : क्या वह अपने पास मौजूद औज़ारों के उपयोग में माहिर है और क्या वह अपने काम में गुणवत्ता की परवाह करता है?

याद रखें, ईश्वर सिर्फ़ दो ही चीज़ों की तलाश कर रहा है : योग्यता और उपलब्धता। अपना काम पूरा कराने के लिए वह आपके समय और योग्यता पर निर्भर है।

91

मैं बच्चों जैसी आस्था रखूँगा

तर्क और वैज्ञानिक जाँच-परख की अपनी जगह है, लेकिन बच्चों जैसी सरल आस्था और विश्वास के बिना हम दरअसल अधूरे हैं।

जे.सी. पेनी ने बताया कि अपने पिता की मृत्यु के कुछ समय पहले उन्होंने माता-पिता की बातचीत सुनी थी। पिता ने माँ से कहा, "मैं जानता हूँ, जे.सी. कामयाब होगा।"

उस दिन के बाद पेनी को महसूस होने लगा कि वे जीवन में कामयाब होंगे। स्वयं में पिता का विश्वास उनके दिमाग़ से कभी ओझल नहीं हुआ।

कुंजी

लेखक फ्रैंक के. एलिस के अनुसार, "हममें से प्रत्येक - शारीरिक, मानसिक, सामाजिक और आध्यात्मिक दृष्टि से - किसी न किसी हद तक बाधित है। हालाँकि हम इस बारे में शायद ही कभी सोचते हैं, लेकिन आस्थाहीन व्यक्ति आस्थावान व्यक्ति के मुक़ाबले कहीं अधिक बाधित है।"

आस्था ही वह कुंजी है, जिससे आप जीवन के अप्रत्याशित आयामों के द्वार का ताला खोल सकते हैं।

92

मैं हर दिन प्रार्थना करूँगा

मुझे सिनसिनाटी की एक छोटी लड़की का प्रसंग याद है, जिसने सोते वक़्त अपने पिता से कहा था, "पिता, मैं चाहती हूँ कि आप ईश्वर से कुछ कहें - मैं उन्हें एक बात बताना चाहती हूँ, लेकिन मेरी आवाज़ इतनी धीमी है कि शायद उन्हें सुनाई नहीं देगी। आपकी आवाज़ बुलंद और तेज़ है, इसलिए मैं जानती हूँ कि वे आपकी बात सुन लेंगे।"

पिता ने अपनी बेटी को बताया कि अगर ज़रूरत हुई, तो ईश्वर देवदूतों का मधुरतम संगीत रोककर कहेंगे, "ख़ामोश हो जाओ! कुछ देर गाना बंद करो। सिनसिनाटी में एक छोटी लड़की है, जो मेरे कान में फुसफुसाकर कुछ कहना चाहती है।"

हम चाहे जो कहें या चाहे जैसे कहें - भले ही विचार अनकहा हो- एक ईश्वर होता है, जो प्रार्थना सुनता है और उसका जवाब देता है।

तार खुले रखें

ख़ुद से और ईश्वर से वादा करें कि आप हर दिन प्रार्थना ज़रूर करेंगे। ईश्वर के सेवक डैनियल की तरह तय करें कि आप सुबह, दोपहर और शाम को अपनी आवाज़ आकाश की ओर उठाएँगे।

93

मैं धर्मग्रंथ पढ़ूँगा

नियमित रूप से बाइबल पढ़ने की योजना बनाने के दर्जनों कारण हैं। यह किसी मनुष्य का सुझाव नहीं, अपितु ईश्वर का निर्देश है। उन्होंने घोषणा की थी : "नियमों की यह पुस्तक हमेशा तुम्हारे समीप होनी चाहिए, तुम्हें इस पर दिन-रात चिंतन-मनन करना चाहिए... क्योंकि तभी तुम लोग समृद्ध बनोगे और तभी तुम्हें अच्छी सफलता मिलेगी।"

बाइबल पढ़ने की योजना को जीवंत बनाने के चार सुझाव ये हैं :

1. **एक ख़ास समय पर पढ़ें।** दिनचर्या में बाइबल पढ़ने का समय तय कर लें।
2. **किसी ख़ास जगह पढ़ें।** अकेले में विचार करने के लिए कोई ख़ास जगह खोजें।
3. **ख़ास योजना बनाकर पढ़ें।** अपने उद्देश्य तय कर लें और अपनी बनाई दिनचर्या पर अमल करें।
4. **गति के बजाय समझ के इरादे से पढ़ें।** समय लगाएँ!

याद रखें : ईश्वर के शब्द पढ़ना महत्वपूर्ण है, लेकिन इससे भी ज़्यादा महत्वपूर्ण उन्हें आत्मसात करना है।

94

मेरा जीवन मेरे विश्वास का प्रतिबिंब होगा

अमेरिका के अटॉर्नी जनरल बनने वाले जॉन ऐशक्रॉफ़्ट ने जब मिसूरी राज्य के गवर्नर बनने का अभियान शुरू किया, तो उन्होंने एक प्रस्तावित स्टेट लॉटरी का जमकर विरोध किया, हालाँकि मतों से स्पष्ट था कि मिसूरी की 83 प्रतिशत आबादी इस जुए के पक्ष में थी। उनके विरोध में खड़ा उम्मीदवार लॉटरी का समर्थक था, लेकिन इसके बावजूद ऐशक्रॉफ़्ट ने प्राइमरी में उसे एक के मुक़ाबले दो से हरा दिया।

नवंबर चुनाव में लॉटरी की जीत हुई – और ऐशक्रॉफ़्ट की भी। व्यक्तिगत रूप से मैं जॉन को युवावस्था से जानता हूँ। वे हमेशा से ईमानदार रहे हैं – आपको हमेशा पता रहता था कि वे क्या चाहते हैं।

जैसा एक मतदाता ने कहा, "मैं इस आशंका से वाक़िफ़ हूँ कि जुआ बहुत ग़लत दिशा में जा सकता है। मैं किसी ऐसे व्यक्ति को इसका प्रशासक बनाना चाहता था, जिस पर मैं भरोसा कर सकूँ।"

चरित्र मायने रखता है। कहा गया है कि विश्वास वाला एक व्यक्ति उन निन्यानवे लोगों के बराबर होता है, जिनकी सिर्फ़ रुचि होती है। जब आपके दिल के विश्वास कर्म में रूपांतरित होंगे, तो आपका विश्वास और भी प्रबल हो जाएगा।

95

मैं अच्छी ख़बर को बाँटने का वादा करता हूँ

कैलिफ़ोर्निया में हाई स्कूल का उपाधि समारोह हो रहा था। इससे ठीक पहले स्थानीय स्कूल बोर्ड ने यह नियम बना दिया कि समारोह में ईश्वर का नाम नहीं लिया जा सकता।

जो लड़की अव्वल आई थी, वह उपाधि समारोह में अपने भाषण के बीच एक पल के लिए रुकी। फिर उसने अपना हाथ मुँह पर रखा और छींक दी। तुरंत पूरी सीनियर क्लास ने चिल्लाकर कहा, "ईश्वर तुम पर कृपा करे!" बाद में पता चला कि यह सारी घटना पूर्व-नियोजित थी।

बोर्ड के सदस्यों को छोड़कर बाक़ी सभी दर्शक तालियाँ बजाने लगे।

अव्वल आने वाली लड़की दो मिनट बाद एक बार फिर छींकी और वही प्रतिक्रिया दोहराई गई। विद्यार्थियों ने तय कर लिया था कि ईश्वर के नाम को उनके ख़ास दिन के कारण प्रतिबंधित नहीं किया जाना चाहिए।

इसे बाँटें

हम हर दिन दर्जनों लोगों के संपर्क में आते हैं - आमने-सामने, फ़ोन के ज़रिये या अन्य संप्रेषण के माध्यम से। यदि आप लगातार "अच्छी ख़बर" पर विचार करते हैं, तो आपको इसे बताने के बहुत से अवसर मिलेंगे।

96

मैं अपने लिए ईश्वर की योजना जानने का यत्न करूँगा

लाइबेरिया के एक दूरस्थ क्षेत्र में मैं एक बार न्यू होप लेपर कॉलोनी गया। एक उमस भरी दोपहर में मैंने देखा कि न्यू यॉर्क की एक नर्स एक आउटडोर क्लीनिक में कई रोगियों के खुले घावों पर पट्टी बाँध रही थी।

बाद में मैंने उससे पूछा, "क्या इस भयंकर बीमारी से निबटते वक़्त तुम हताश नहीं होती हो?"

"बिलकुल नहीं," उसने जवाब दिया। "इससे तो मुझे ख़ुशी मिलती है। यह मेरे जीवन के लिए ईश्वर की इच्छा है।"

उसका विश्वास काफ़ी हद तक मिशनरी खोजी डेविड लिविंगस्टोन जैसा था, जिन्होंने कहा था, "मैं ईश्वर की इच्छा के अनुरूप अफ़्रीका के जंगलों में रहना पसंद करूँगा, बजाय इसके कि ईश्वर की इच्छा के विपरीत इंग्लैंड के सिंहासन पर बैठना चाहूँ।"

आप जान सकते हैं

हम यह कैसे जान सकते हैं कि हमारे जीवन के लिए ईश्वर की इच्छा क्या है? लेखक एफ़.बी. मायर स्पष्ट करते हैं, "जब हम ईश्वर की इच्छा जानना चाहते हैं, तो ये तीन चीज़ें हमेशा होती हैं : (1) अंदरूनी आवेग, (2) ईश्वर का शब्द और (3) परिस्थितियों का रुझान।" उन्होंने आगे कहा, "जब तक ये तीनों एक बिंदु पर न मिल जाएँ, तब तक कभी काम न करें।"

97

मैं ईश्वर के नियमों का पालन करूँगा

"मैं टेन कमांडमेंट्स में यक़ीन नहीं करता," कनाडा के एक युवक ने मसखरे अंदाज़ में घोषणा की। वह उस कार में यात्रा कर रहा था, जिसे एक उम्रदराज़ पादरी चला रहे थे।

"क्यों नहीं?" पादरी ने पूछा।

"देखिए, मुझे बार-बार यह बताया जाना पसंद नहीं है, 'तुम यह करो,' या 'तुम यह मत करो,' " उसने जवाब दिया।

अगले चौराहे पर पहुँचने के बाद पादरी ने कार जान-बूझकर ग़लत दिशा में मोड़ दी। युवक ने तत्काल आवाज़ ऊँची करके चेतावनी दी, "रुकिए! आप ग़लत दिशा में जा रहे हैं। रास्ते में लगा बोर्ड तो टॉरंटो के दूसरी दिशा में होने का संकेत कर रहा है।"

पादरी ने मुस्कुराते हुए जवाब दिया, "मुझे यह बताने के लिए किसी संकेत की ज़रूरत नहीं है कि किस दिशा में जाना है।"

युवक को सबक़ मिल गया।

सदियों से सरकार और संसद व्यवहार के उन मानदंडों को बेहतर बनाने की कोशिश कर रही हैं, जो ईश्वर ने माउंट सायनाई पर मोज़ेस को दिए थे। अब तक लाखों नियम बन चुके हैं, लेकिन कोई भी उतना स्पष्ट और सशक्त नहीं है, जितने कि पत्थर पर खुदे ये नियम हैं।

आज ही ईश्वर के प्रेम के नियमों को आत्मसात करने के संकल्प को तरोताज़ा कर लें।

98

मैं प्रलोभन के सामने नहीं झुकूँगा

मिसिसिपी नदी उफान पर थी। इलिनॉय के एक छोटे समुदाय के हज़ारों स्वयंसेवी दिन-रात रेत की बोरियाँ जमा रहे थे, ताकि अपने घरों और खेतों को डूबने से बचा सकें।

जब नदी अपने शिखर के क़रीब आ रही थी, तो बाँध में एक छोटा सुराख़ हो गया, जिससे पानी रिसने लगा। जब तक इस पर लोगों का ध्यान गया, तब तक यह छोटा सा सुराख़ प्रचंड धारा में बदल गया, जिसने उस छोटे से कस्बे को जलमग्न कर दिया और उपजाऊ ज़मीन को बर्बाद कर दिया।

बाँध में एक छोटे से सुराख़ की तुलना इस बात से की जा सकती है कि सिर्फ़ एक प्रलोभन के सामने झुकने पर क्या होता है।

हम डींगें हाँकते हैं, "ओह, मैं इसे सँभाल सकता हूँ।" फिर अचानक हम पर घटनाओं की बाढ़ आ जाती है और हम बचाव के लिए संघर्ष करने लगते हैं।

जीवन में आप प्रलोभन से आकर्षित हो सकते हैं, लेकिन इसका यह मतलब नहीं है कि आपको उसके सामने झुकना ही होगा। विन्स्टन चर्चिल के शब्द आज भी सच हैं : "कभी भी, कभी भी, कभी भी, कभी भी, कभी भी, हार मत मानो - चाहे परेशानी छोटा हो या बड़ी, विशाल हो या महीन - कभी हार मत मानो, सिर्फ़ समझदारी भरे और सम्मानजनक विश्वास के सामने नतमस्तक रहो।"

जीवन के विश्वविद्यालय में हर दिन आपका इम्तहान लिया जाता है। क्या आप इस इम्तहान में उत्तीर्ण हो रहे हैं?

99

मैं आस्था और आशा के साथ चुनौतियों का सामना करूँगा

अपनी समस्याओं की चिंता न करें। हीरे को घिसे बिना नहीं चमकाया जा सकता और मुश्किलों के बिना आपको भी आदर्श नहीं बनाया जा सकता।

कोई भी वनस्पति शास्त्री आपको बता देगा कि बलूत के विशाल वृक्ष को इस बात की ज़रूरत होती है कि मार्च की तेज़ हवाएँ उसकी शाखाओं को झुकाएँ। इस वजह से तना और बड़ी शाखाएँ इस तरह मुड़ जाती हैं कि खिलती पत्तियों के पोषण के लिए रस ऊपर खिंच सके।

काश! यह सच न होता, लेकिन संघर्ष हमारे विकास के लिए भी आवश्यक है। अपने सौवें जन्मदिन तक पहुँचने वाले एक इंसान से पूछा गया, "जीवन का सबसे भारी बोझ क्या है?" उसने एक पल के लिए सोचा और फिर दुखी स्वर में जवाब दिया, "जब उठाने के लिए कुछ न हो।"

पहाड़ हिलाना

ऐसे लोगों को खोजना मुश्किल नहीं है, जो सकारात्मक अपेक्षा की शक्ति में यक़ीन करते हैं। सार यह है कि, उन्हें केवल आस्था में आस्था होती है। लेकिन मैं ऐसे ईश्वर में विश्वास रखने में विश्वास रखता हूँ, जो वास्तविक हो - जो हमारी ओर से पहाड़ हिला सकता हो।

अपनी आशा के सच्चे स्रोत को पहचानें।

100

मैं अतीत नहीं, भविष्य की ओर देखूँगा

क्या आप कभी ऐसे लोगों से मिले हैं, जो हमेशा "पुराने सुनहरे दिनों" की याद में खोए रहते हैं? मैं तो उनसे अक्सर टकराता रहता हूँ।

एक आदमी ने हाल ही में मुझे बताया, "मुझे याद है, मैं एक गैलन गैस के अठारह सेंट दिया करता था!"

मैंने उससे पूछा, "उस साल आपको जितनी तनख़्वाह मिलती थी, क्या आप आज की अपनी तनख़्वाह से उसकी अदला-बदली करना चाहेंगे?"

उसने प्रतिक्रिया की, "देखिए, मुझे इस बारे में सोचना होगा।"

क्या हम सचमुच उन दिनों में लौटना चाहेंगे, जब हम भरी गर्मी में एयर कंडीशनिंग के बिना कार चलाते थे? क्या हम आधुनिक प्रौद्योगिकी के बिना अपने डेंटिस्ट से दाँतों में ड्रिलिंग कराना चाहेंगे?

आगे रोमांच है

अतीत को याद करने में कुछ ग़लत नहीं है। यह आपकी विरासत है और इसमें कई बेशक़ीमती यादें हैं। बहरहाल, बीता हुआ कल वह जगह नहीं है, जहाँ आप रहना चाहते हैं।

ईश्वर ने हमें आँखें दी हैं, जो आगे की ओर देखती हैं, क्योंकि यही वह दिशा है, जिस ओर वह हमसे यात्रा करवाना चाहता है।

101

मैं हर निभाए गए वादे का जश्न मनाऊँगा

एक पल के लिए ठहरकर अपने जीवन का लेखा-जोखा लें। आपकी संपत्तियाँ क्या हैं? आपकी देनदारियाँ क्या हैं? हम कुछ हद तक उन लोगों जैसे बन गए हैं, जो यह अंदाज़ लगाते हैं कि सुबह के अख़बार के पहले पन्ने पर कौन सी ख़बरें छपेंगी। हम संकट और संघर्ष पर ध्यान केंद्रित करते हैं और प्रशंसा करने वाली चीज़ों को नज़रअंदाज़ कर देते हैं।

हमारे जीवन में असंख्य सुख हैं, जिन्हें हम नज़रअंदाज़ करते रहते हैं - परिवार का प्रेम, किसी मित्र की चिंता, अपने कामकाज की चुनौती और दैवी सुरक्षा। ये अमूल्य उपहार हैं।

विजय का समय

यह पुस्तक इस बारे में नहीं है कि आपको कौन से वादे करने चाहिए; यह तो इस बारे में है कि आपको कौन से वादे *निभाने* चाहिए। इसी वजह से मैं आपसे समय-समय पर अपनी प्रगति की समीक्षा करने को कह रहा हूँ।

आप जो भी वादा पूरा करते हैं, वह एक विजय है। आप जो भी संकल्प पूरा करते हैं, वह एक विजय है। यह रोने का नहीं, गीत गाने का समय है।

जश्न मनाना शुरू करें!